義妹生活
三河ごーすと
illust Hiten
6

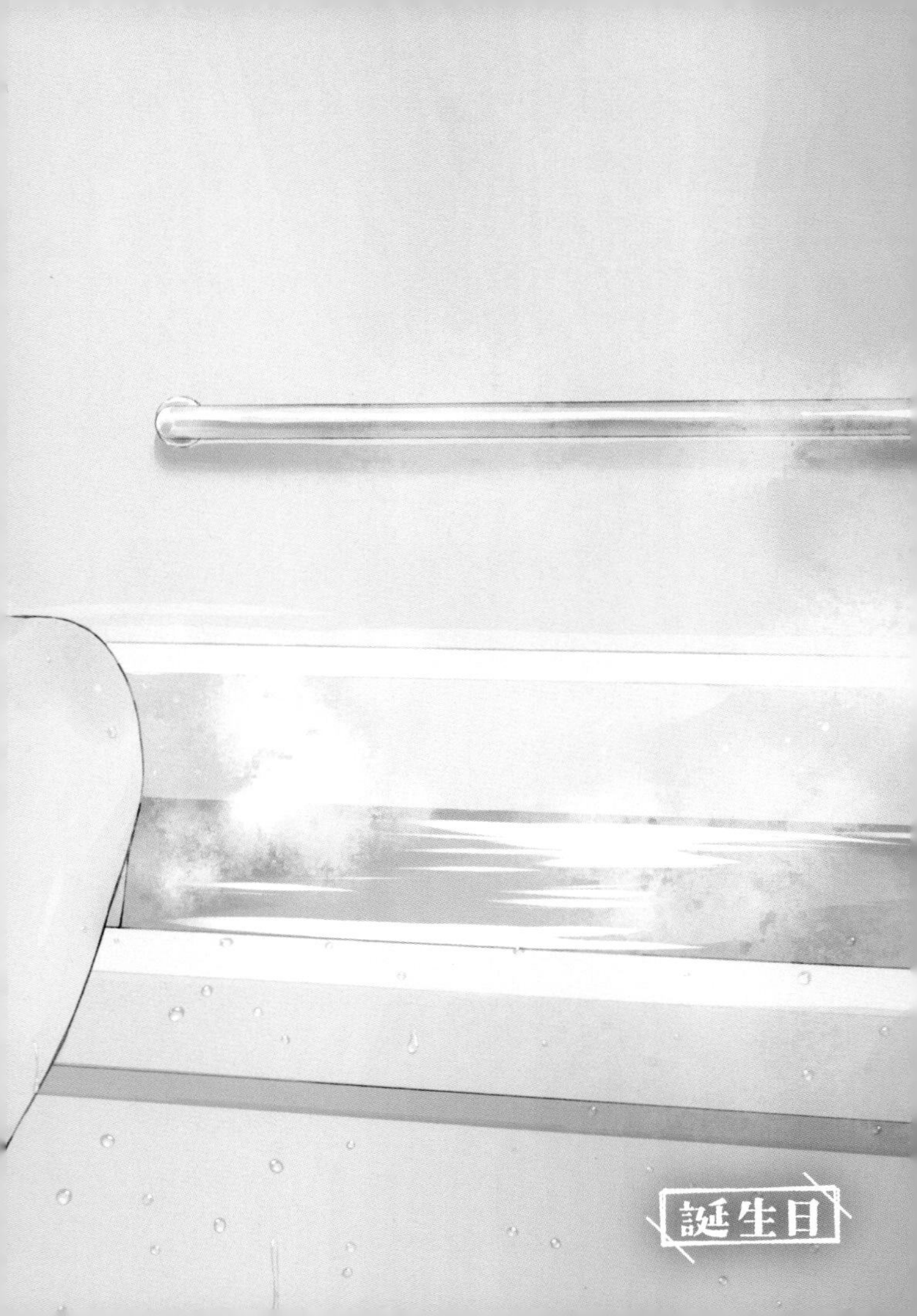
誕生日

プレゼント交換

ふと、綾瀬さんが
視界に入りこんでくる。
前のめりになって
画面に釘付けになっていた。
彼女の頬にひと筋だけ
涙が零れて落ちる。
俺は慌ててスクリーンに向き直った。
見てはいけないものを
見てしまったような気分だ。
同時に、俺の心に
ひとつの感情が湧きあがる。
このひとを大事にしたい。
そんな気持ちだった。

浅村家 家系図

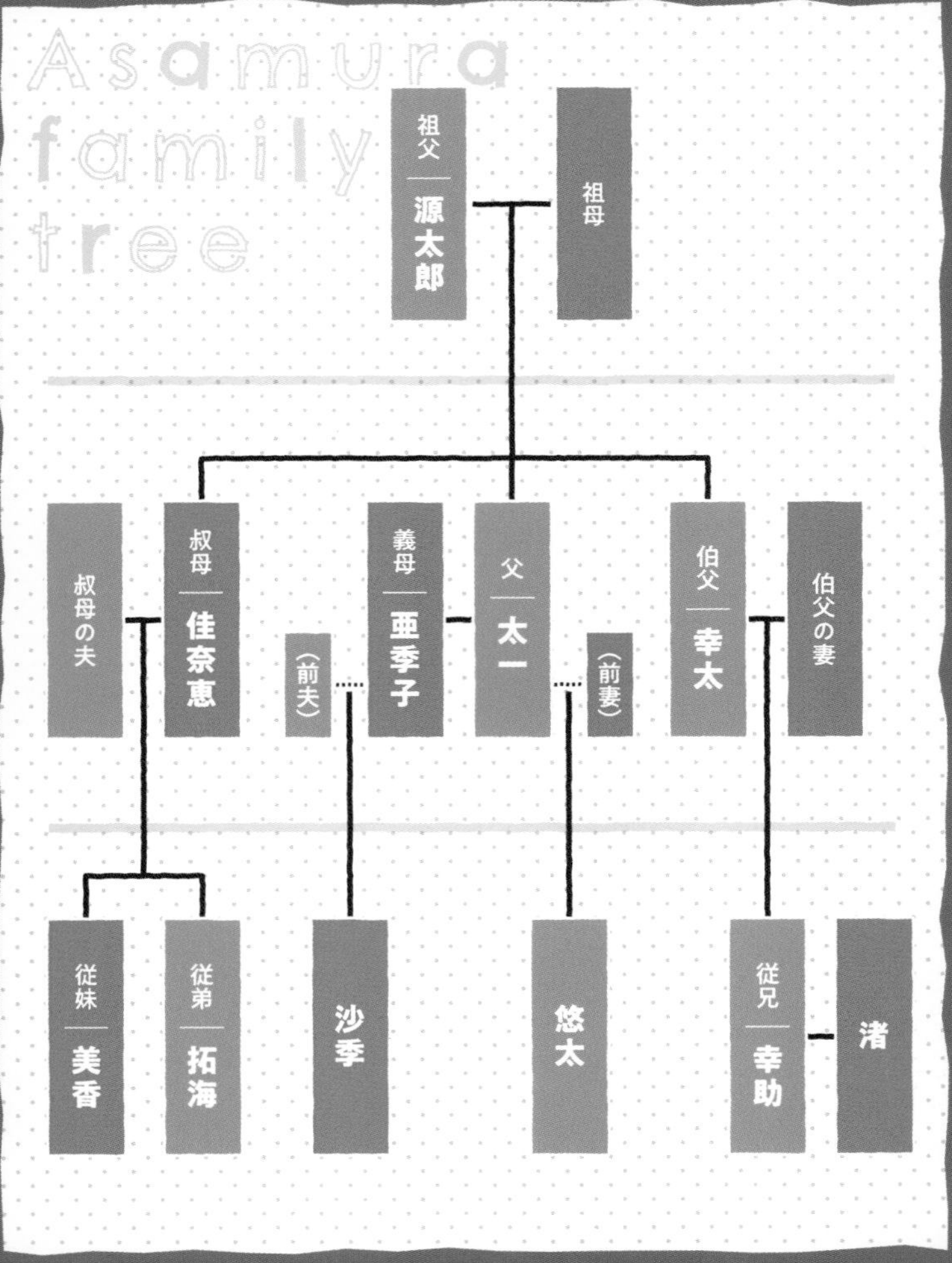
Asamura family tree
祖父 源太郎
祖母
叔母の夫
叔母 佳奈恵
(前夫)
義母 亜季子
父 太一
(前妻)
伯父 幸太
伯父の妻
従妹 美香
従弟 拓海
沙季
悠太
従兄 幸助
渚

義妹生活 6

三河ごーすと

MF文庫J

Days with my Step Sister

Contents

6

{口絵・本文イラスト} Hiten

不揃《ふぞろ》いのない完璧な雪の結晶よりも、溶けくずれて残ったものにこそ〝永遠〟は宿る。

●プロローグ　浅村悠太《あさむらゆうた》

深夜のリビング。

冬の寒さに抵抗してエアコンが健気《けなげ》に音を立てている。

その音に合わせるかのように、俺は低く唸《うな》りつつ物理の問題集を解いていた。テーブルの上を探り、触れたカップを持ちあげて中も見ずにあおる。

――ん？

口の中に何も流れてこないことに気づいて集中が切れた。

コーヒーカップは空っぽで。

いじましくも傾けると、最後の数滴が唇に触れ、けれどその後は、1ミリだってもう垂れてはこなかった。

夜も遅い。

もう一杯飲んでしまうと眠れなくなりそうだ――どうしよう。

深夜勉強のお供の飲み物を何にすべきか、集中の切れた鈍い頭で俺――浅村悠太が考えていると、背中から「あれ？」と声が掛かった。

振り返る。

綾瀬《あやせ》さん――半年前から義理の妹になった同い年の女子が立っていた。

「ああ、ごめん。エアコンの音、気になった？」

「そんなことないよ。扉閉めてるし。ただこんな時間にリビングに居たから。びっくりしただけ」

言われて、視線をあげて時計を見れば夜の11時を少し回っている。いつもなら自室に籠っている時刻だ。

「ココアいる？」

俺の手元にある空のカップを指さしながら綾瀬さんが言った。

「欲しいかな」

「じゃ、淹《い》れるね。私も飲むから」

「ありがとう」

電気ケトルのスイッチを入れてから、綾瀬さんは流しの脇の食器棚からココアパウダーの缶と自分用のカップと大きめのマグをもうひとつ取り出してから椅子に座った。

その間に俺は冷蔵庫を開けて牛乳を取り出してくる。自分のカップもざっと水で洗い流した。

綾瀬さんから受け取った、大きめのマグカップのほうに牛乳を注いで電子レンジに放り込む。レンジの『牛乳』と書かれたボタンを押した。

その間に綾瀬さんはココアパウダーと砂糖を食器棚から出した自分のカップの中で混ぜ

る。電気ケトルの湯を少量垂らしてペースト状になるようこねる。いつもクールな彼女が、今は子どものような無心さでこねこねとスプーンを回している。

　チンとレンジの鳴る音。

「温めたよ」

「ありがと」

　綾瀬《あやせ》さんは自分のカップでこねていたココアペーストの半分を俺のカップへと分けて、それから温まった牛乳を少しずつ加えていく。

「バターとか隠し味に混ぜるとホントはもっと美味《おい》しいんだけどね」

「そこまで本格的じゃなくてもいいって」

「まあ。夜遅いしね。それにしても、リビングで勉強してるの珍しいね？」

　ココアを混ぜつつ綾瀬さんが尋ねてきた。

「自分の部屋でやってたんだけどね。集中が切れてきたから場所を変えたんだ。環境を変えると気分も変わる気がしてさ」

　なるほど、と綾瀬さんが頷《うなず》く。

「ちょっとわかるかも」

　混ぜ終わったココアを俺の前に置く。

「はい、どうぞ」

「ありがとう」

綾瀬さんは今度は自分のぶんに取り掛かる。地味なことだけれど、こういうとき、必ず相手のぶんから作ってくれる。彼女らしい。逆に、すぐに冷めるようなものだったら、自分のほうを先にして、相手には温かいままで差し出すようにするだろう。

綾瀬さんと暮らすようになって、俺は周りの人の振る舞いにあれこれと気を回すようになったと思う。

「ん。できた」

綾瀬さんは満足そうにカップへと口をつけ、傾けた。

彼女の喉が動く。目尻がへなりとほんの少し下がった。

俺もカップに口をつけた。

「うん。おいしいね」

「先に飲んでてくれてもいいのに」

「おいしい、って感想のネタバレをしたら可哀想《かわいそう》かなって」

俺の言葉に綾瀬さんが「変なの」と苦笑する。

ココアの香りを鼻先に感じる。時間がゆっくりと過ぎてゆく。

ふたりしてカップを傾けた。

「にしても、寒くなったよね」

「もう12月だし」

そう言いながらココアを飲む彼女の唇に、俺の視線はどうしても吸い寄せられる。

俺は、あの桜色の唇と。

ハロウィンの晩を思い出すと、今でも頬《ほお》が熱くなる。

俺たちは、互いに恋人らしい触れ合いを望んでいる。あの夜のキスを経て、その想《おも》いを確かめあったのだ。

秋の頃には、体温を感じるほどの距離にいれば、それだけで幸せを感じた。

それなのに季節がひとつ進むほどの時間を経ただけで、もう傍《そば》にいるだけでは我慢できなくなっている。人は幸福にさえ慣れてしまうものなのだろうか。

ただ、あれからすぐに期末試験の期間に入ってしまったこともあり、キスはあのときの一度かぎりだった。

俺も綾瀬《あやせ》さんも、互いに成績を大事にしているので、良い点数を取るためにもそのあたりはしっかりと分別つけよう、と話し合っていた。

それにまあ、人目につかないタイミングが必要なのもある。

俺と綾瀬さんは高校生の兄妹《きょうだい》でもあるわけで、生活空間を親と共有している。

この状況で、兄と妹の枠を超えた行為を家のなかでするというのは、赤の他人同士の恋人よりもむしろ難易度が高い。

俺はココアを喉の奥へと流し込みつつ思う。

もうすこし触れ合うチャンスを増やせないものだろうか。

そういえば、と、ふいに思い出す。

12月といえば俺の誕生月だ。そして、綾瀬さんの誕生月でもある。

誕生日はいつだっけと話をして、俺が13日、綾瀬さんが20日だよと家族で確認しあったのはつい先週のこと。

そして案の定、じゃあ、12月24日にはお祝いしましょうね、と実にあっさりと決まっていた。

例年通りだな、と俺も綾瀬さんも思わず笑ってしまったけど。

「なに？　思い出し笑い？」

綾瀬さんが首を傾《かし》げる。

「ああ、まあ、そんなとこ」

「ふうん？」

綾瀬さんは思い出し笑いの理由を聞くことなく席を立つ。ココアを淹《い》れたカップを両手を温めるかのように包み込んだまま自分の部屋へと向かった。

何かを思い出したのか、くるりと振り返って、密《ひそ》やかな足音を立ててテーブルに戻ってくる。

「ねえ、誕生日だけど」

「え？」

心臓がどきりと跳ねる。好きな人が同じことを同じタイミングで考えているというだけで、不思議と胸が温かい。

「私たちくらいは、ちゃんと当日にお祝いしない？」

「13日と20日にってこと？」

「そう。私たちお互いに、当日に祝ってもらったことってないでしょ」

「ない、かな」

「だよね。ええと、私ね、兄妹《きょうだい》としてじゃなくて、その……誕生日を過ごしてみたい気がしてて」

言わんとしていることはわかる。俺だって同じだった。

「わかるよ」

「それでね、ちょっと話したいことがあって」

綾瀬《あやせ》さんが、「試験が終わったら話そうと思ってたんだけどね」と前置きをして話してくれたことは、ハロウィンの頃に交わされた、綾瀬さんと俺の親父《おやじ》の間での会話だった。

『たとえ法を犯しても、もちろん真っ当に罰を受けさせるのは大前提として、家族であることを否定したりはしないよ。絶対にね』

そんな風に俺たちのことを親父が言ってくれたと聞かされて、俺は『かっこつけすぎだろ』と心の中で突っ込んでおいた。

「亜季子《あきこ》さんだって俺が訊《き》いたら、同じようなことを言うんじゃないかな。綾瀬さんの前では言わないだろうけど」

「かもね」

言葉はそっけなかったけれど、頰《ほお》のあたりがわずかに弛《ゆる》んでいるのがわかる。

これはたぶん嬉《うれ》しがっている。

「でも、私、そのときちょっとだけ思った」

そこで綾瀬さんは言葉をひと呼吸ぶんだけ呑《の》みこむ。言うべきか言わないべきか迷っている顔つきで。けれど、結局は口を開いた。

「私たちの家族だったら、私と浅村《あさむら》くんの関係を認めてくれるのかも、って」

言われて俺は考えこむ。

そうかもしれない。

「親父のほうは嫌なら嫌、ダメならダメって言ってくれると思う。ああ見えても図太いところがあるし、大丈夫かもしれない――」

前の夫婦関係が破綻したときも、親父《おやじ》は俺の前では弱音を吐かなかった。

すまない、とは謝っていたけれど。

「でも、亜季子《あきこ》さんが複雑な気持ちを抱えたときに、それを言ってくれるかどうかが、俺にはまだ、確信が持てない」

「お義父《とう》さんのことは大丈夫だと思っているのに、私のお母さんに対しては大丈夫だと思えない、その理由を聞いてもいいかな」

「俺が恐れているのは亜季子さんに再婚を後悔されることなんだ」

「でも、浅村《あさむら》くん――あのふたりに限って」

「亜季子さんがそんな人じゃないってことも、頭ではわかってるんだ。ただ前の母は、不満を顔に出さない人でさ。亜季子さんも顔に出さないだけで何か不満を溜《た》め込《こ》んでいるんじゃないか……その可能性はどうしても考えちゃうんだよね」

「そんなこと」

ない、と言いたいだろうに綾瀬《あやせ》さんは堪《こら》えた。

この自制心には頭が下がる。

俺が持つ嫌な記憶に一方的にパターンをあてはめているだけで、亜季子さんには失礼極まりない話だとは思う。

けれども、親父と亜季子さんの間に愛情がある今だからうまくいっているだけではないか、という感覚はどうしてもつきまとうし、表向きだけ納得されて見えない不満を抱えられている可能性は心を読む術《すべ》がない以上、確実に否定することはできない。

心の内側にだけ不満を抱え続けた結果がどうなるのか、俺はよく知っている。

父と母が俺の前で諍《いさか》いをやめてくれるのは俺の誕生祝いの日だけだった。


短く綾瀬さんが息を吸って、それから言う。

「私も同じだったよ」

はっとなる。そうか、俺の親父に再婚を後悔されたら、綾瀬さんだって哀《かな》しむんだ。

「私も、お義父さんと話すまで、浅村くんと同じような不安を抱えてた」

「そう、なんだ」

「うん。でも……、だからお母さんと話して、なんて言わない。それで同じことを言われたからって、浅村くんは私じゃない。私と同じような気持ちになるとは限らない」

「そうか、そうだね」

「だからさ。まだ無理にカミングアウトしなくていいと思う」

綾瀬さんはそう言って微笑《ほほえ》んだ。

その表情は、だいじょうぶ、と告げているようで、心がふんわりと軽くなった。

「誕生日祝いの詳しいことはあとでってことで。じゃ、勉強に戻るね」

「ああ。俺はもうちょっとこっちで勉強していくよ」

「あまり根詰めすぎないようにね」

「綾瀬《あやせ》さんもね」

白いカーディガンを羽織った背中が扉の向こうに消えていく。

俺はため息とともにカップを干す。

底に残っていたココアの粉が、喉に貼りついてどうにも飲みこめなかった。

●12月11日（金曜日） 浅村悠太《あさむらゆうた》

終業の鐘がスピーカーから流れてくる。

教師の姿が廊下へと消えると、おしゃべりの声とともに部活へ、あるいは、遊ぶために皆がガタガタと椅子を鳴らして動き始める。

期末テストの返却がすべて終わったからか、どこか晴れやかな顔をしている。

俺の目の前にある大きな背中も、ぬっと立ち上がると鞄《かばん》をつかんだ。おそらくいつものように野球部の練習へと向かうのだろう。そう思ったのだが——。

「ああそうだ、浅村」

声をかけられて驚いた。

いつもは挨拶もそこそこにして練習へと向かう丸《まる》にしては珍しい。

「なに？」

「これから部活なんだが、ちょっと部室まで付き合ってくれないか」

「えっ、部室へ？　なんで？」

「おまえに渡しておきたいものがあってな」

「まあ……いいけど」

取り立てて用事のある身でもないしな。

そう思いながら丸《まる》に付いていく。そのまま帰れるように鞄《かばん》は持っていった。

歩きながら廊下の窓に視線を向ければ、校舎脇に立ち並ぶ木々は全て葉が落ちてしまっていた。冬だなあと思う。枯れた木の間越《こまご》しに狭い中庭が見下ろせる。植え込みを作っている常緑樹だけが緑の色を残していて、据えられたベンチには誰も座っていない。芝生の片隅で、吹き抜ける風が秋の忘れ物の枯れ葉を一枚だけくるくると回していた。

「そういえば、丸は今回のテスト、どうだった?」

「ん?　828だ」

「さすが」

運動部レギュラーを保持しつつの、その総合点には恐れ入る。

俺の合計点は819だった。

「まだまだ丸には及ばないね。今回はけっこう頑張ったつもりだったんだけどなぁ」

「ふむ。だが、俺を基準にする必要はなかろう」

「まあね」

前の定期テストと比べても格段に上がっているし、丸との差も、今までと比べて着実に縮まっている。

「夏あたりからだな。おまえが伸び始めたのは」

「だとしたら、夏期講習の成果だと思う」

「それだけか？」

「えっ」

「いや、まあいい」

それきり丸は何も言わずに俺の前を歩いた。

昇降口から出ると、風の冷たさに思わず身をすくめる。指先がかじかむ。運動部員たちはこの寒さのなかで夕方近くまで練習をするのだから恐れ入ってしまう。帰宅部の自分には到底真似《まね》できないな、などと思いつつ歩いていると、目の前に部室棟が見えてきた。

二階建ての安アパートのような造りをした建物だった。一階も二階も運動部の部室で占められていて、野球部は校庭にいちばん近い手前の部屋が割り当てられていた。

扉を開けて最初に感じたのが汗の臭いだった。

そして、それをごまかすかのように立ち昇っている柑橘系《かんきつけい》のスプレーの匂い。

壁を覆うように立ち並ぶ棚には部員たちの道具が突っ込まれている。各々の性格を反映してか、きちんと整理されている棚もあればスパイクとグローブが絡み合うようにして押し込められている棚もあった。

部屋の角には、傘置きみたいな箱に金属製のバットが幾本も収まっている。

練習着に着替えながら談笑していた部員たちが丸に気づいて、口々に挨拶の声をかけてきた。

丸《まる》と一緒に入ってきた俺にも同じように礼儀正しく挨拶してくる。同じクラスの浅村《あさむら》だと丸に紹介され、俺も小さく会釈した。初対面だというのに後輩らしき部員たちから尊敬を含んだ目を向けられるのは、丸の友人だからだろうか。自分が明らかな異物なのが自覚できて、借りてきた猫のような気分になってしまう。

ぼんやりと入り口近くで待っていると、部室を大股で渡った丸は、ロッカーに入れてあった紙袋を取り出して、替わりに鞄《かばん》を放り込んだ。

その短い間にも、同級生やら後輩やらが丸に親しげに声をかけている。

短い距離を往復するだけで何度か話しかけられて捕まっていた。

「待たせたな」

「いや、全然」

友人が慕われている姿を見て悪い気はしない。自分のことでなくとも嬉《うれ》しくなる。

「で、渡したいものって?」

「ああ、これだ。教室に置いておくと、ちょっとアレだったんでな」

小脇に抱えられそうな紙袋だった。渡されてちらりと中を覗《のぞ》き込《こ》む。漫画の単行本だった。それも、いちばん普及している新書判(正確には小B6判、112ミリ×174ミリ)ではなく、B6判(128ミリ×182ミリ)と呼ばれる少し大きめのやつだ。青年漫画とかに多い判型だったりする。

それが三冊。なるほど、漫画では教室内には持ちこみ難《にく》い。

「これを、俺に？」

「俺の最新のオススメでな。いいぞ、これは！　次に流行《はや》るぞ大賞に推薦したいくらいだ」

「へえ。それは楽しみ」

けど、わざわざ学校に持ちこまなくてもなあ。部室に隠しておくくらいなら、外で会ったときにでも渡してくれれば——と、その瞬間は思ったのだけど。

「布教用にと買っておいたやつだ。今度の日曜日が誕生日だったろう」

そこでようやく渡された紙袋がプレゼントだと気づいた。

「それでわざわざ」

「おもしろいぞ。ちょっとマニアックだがな」

「丸のオススメで、マニアックじゃなかったことってあったっけ？」

「はは。言ってくれる。俺はこう見えて王道も嗜《たしな》むオタクだぞ。安心して読んでくれ」

「はいはい——嬉しいよ。ありがとう」

茶化《ちゃか》してしまったが、嬉しい気持ちは本当だった。

しかしまさか祝ってもらえるとは思わなかった。丸とは誕生日に何かしようなどと話したことはなかったし、昨年はプレゼントのやりとりもなかった。まさにサプライズだ。

そこでふと俺は思い出した。半年ほど前だ。丸は誰かに誕生日祝いを贈ろうとしていたはずだ。問い詰めたら誤魔化《ごまか》していたけれど。

そういう経験があったからだろうか。急に誕生日プレゼントを渡す気になったのは。

次の丸《まる》の誕生日は、俺からも何か贈ることにしよう。そう思った。

「日曜には会えないし、いまのうちにと思ってな」

「野球部は日曜も練習だしね」

「祝ってやれなくて悪いな。まあ、おまえなら祝ってくれるやつもいっぱいいるだろう」

「そんなことないし。嬉《うれ》しいって」

「ま、たいしたものじゃない。そこまで気にしないでくれ。じゃ、またな」

軽く手を振って丸は部室の奥へ戻っていった。

さて俺も帰ろうとその場を離れようとしたとき、部員のひとりが寄ってきて声をかけてきた。

なんだろう？　と訝《いぶか》しんでいると、同級生らしい彼は声をひそめて言う。

「丸、奈良坂《ならさか》さんのこと何か話してたりする？」

意外な名前が出た。

「えっ。奈良坂……さんって、あの……？」

「そうそう。あのかわいい子」

「ええと。丸が、奈良坂さんとなんだって？」

「仲良さそうに話しているところを見た、って噂《うわさ》があってさ」

「とくになにも聞いてないけど」

これは嘘《うそ》じゃない。実際、俺は丸から何も聞いていない。知っていてもプライベートな事情を明け透けに話す気はないけれど。

「そうかあ……」

丸本人に訊《き》いても、はぐらかすばかりで、何の話をしていたかさえ教えてくれないらしかった。

ただ、会話をしていたこと自体は否定していないと。

ふたりとも成績優秀者同士だし、話が合って付き合ってたりするのかな――と思ったらしい。

「ん。わかった。悪かったな、呼び止めて」

「ああいや。お邪魔しました」

頭を下げてから俺は野球部の部室を後にした。

自転車置き場へと歩きつつ今聞いた話を思い返す。

丸が奈良坂さんと付き合ってる、か。

正直、ただの思い込みな気がするけど、もしもそうだとしたら丸も奈良坂さんも、俺や綾瀬《あやせ》さんに関係を隠していることになる。隠れた――秘密の――関係。

まあでもよく考えたら、わざわざ恋人関係ってひけらかすことでもないよな。

俺と綾瀬《あやせ》さんの関係と照らし合わせてみても、好き合う関係を秘密にするのは当然のことなのかもしれない。

今日から付き合い始めました、そんな看板を首から下げることに意味は——。

「待てよ？」

ないこともないか。社会性のある動物を考えてみればわかる。雄と雌の関係であることを群れの中で衆知させることに意味がないわけではない。人類だって、だからこそ結婚や婚約という儀式を発達させたのだし。

それになんといってもふつうの男女がふつうに付き合い始めたら、なんだかんだいって周りは祝福してくれるものだろう。

祝ってもらえるのなら、打ち明ける意味もある。

いや、奈良坂《ならさか》さんほど男子から慕われる存在なら、打ち明けた途端にやっかみを言ってくる人のほうが多いか？　ならば秘密にするのもわかるが……。いやいやいや、アイドルじゃあるまいしそれはないか。

ならば、付き合い始めたふたりがその関係を隠し通そうとすることはやはり歪《ゆが》んでいる行為なのでは？

って、待て話が飛び過ぎだ。

それに、現代では生活や労働において既婚か未婚かで差別されることは良しとされないわけで……。やはりいちいち詳《つまび》らかにする必要なんてなくて――。

「はあ」

ため息が漏れる。考えすぎて頭が煮えそうだ。

それに、本当に丸《まる》と奈良坂さんが恋人として付き合ってるかもわからないのにこれ以上考えてもな。

自転車の籠に鞄《かばん》を放りこみ、ペダルを力任せに漕《こ》いだ。

今日はバイトの日だ。

12月の夕暮れ。ビルの谷間から見上げる空には既に藍色の帳《とばり》が降りていて、渋谷《しぶや》センター街にはきらきらとLEDの明かりが灯《とも》りだした。

どこもかしこも飾り立てた光と音と人とが跳ねまわっている。

駅前広場で電飾を纏《まと》わせた立ち木を背に、忠犬ハチ公が首に赤いリボンをかけて心なしか嬉《うれ》しそうに胸を張っていて、ビルの屋上から垂れ下がる宣伝幕は、夕方にもかかわらず目立つゴシック体で、ウィンターセールのお知らせをこれでもかと告げている。

バイト先の書店も同様だ。赤と緑と白のモールがあちこちに飾られていて、出入り口のガラスドアには雪の模様が白のスプレーで描かれていた。

クリスマスまでまだ2週間もあるのに。

そんなことを考えながらバイト先の書店に入る。

俺はぐるっと店内を見回して小さく息を吐いた。

書店というのは、あまり季節イベントによる変化を感じない小売業だと思うのだけれど、それでも繁華街への人出が多くなるこの時期はそれなりに混む。今日もいつもよりは混んでいる、かも。

店で顔を合わせるなり店長に告げられた言葉に、俺は思わず声をあげた。

「えっ、読売《よみうり》先輩が体調不良ですか?」

「そう。で、今日は君と綾瀬《あやせ》さんだけなんだ。ちょっと大変だと思うけど頼んだよ」

「あ、はい。了解しました」

この状況で、俺と綾瀬さんだけでレジを回すのか……これは大変そうだ。俺は気合を入れなおした。

更衣室で着替えてから店内に出る。

「すみません! 遅れました!」

そのタイミングで綾瀬さんが制服のまま到着した。

「だいじょうぶ。まだ時間前だよ」

シフトの時間まで十分ほどはある。焦ることはないだろう。

レジを回していたバイト仲間に挨拶をすると、俺はひとまずバックヤードへと向かった。

店長以外にふたりしかいないとなれば、入りの遅いアルバイトが到着するまで、俺と綾瀬さんはおそらくレジに入りっぱなしになるはずだ。在庫を確認しておきたい。

「しまった。棚のほうを先に見ておくんだったな……」

在庫の山を見つめながら俺は唸《うな》った。

入荷している雑誌の数がわかっても、平台の残り数を覚えていないと意味がない。レジ内に居てもパソコンから在庫数を調べられるとはいえ、体感でつかんでおくに越したことはなかった。

読売先輩だったら、店に着いた途端にざっと店内を見回ってから事務所に入ったはずだ。

手順を間違えた。

唇を軽く噛《か》みながら壁の時計を見る。引継ぎ三分前。今さらどうにもならない。

頼れる先輩がいないことに若干の不安を抱きつつ、俺は諦めてレジへと向かった。

「時間です。入ります！」

「おう。おつかれさま」

「ありがとう。お願いね！」

レジの内側にいたふたりが軽く頭を下げて出てくる。入れ替わりに俺が入り、やや遅れるようにして綾瀬さんもやってきた。

互いにロクに会話をする間もなく、レジに並んでいた客が目の前にくる。するりと出てくる接客用語、慣れた流れで客の対応をしていく。だがひとりの客が去るとすぐに次の客が本を差し出してきた。息つく暇もない。

今日は本当に客の入りが激しい。

クリスマスシーズンも近いからか、プレゼント用のラッピングをしてほしいという依頼も多く、これがまた手間を食う。紙カバーを掛けることも手間といえば手間なのだけれど、贈り物のラッピングはそのひとつ上をいく。

まず通常時の包装紙ではなく、クリスマスカラーの包装紙を求める客も多いから、どちらの紙で包んでほしいかを尋ねる必要があった。実際に目の前で見本の包装紙を掲げて見せ、選んでもらう。まあ、この時期だとたいていはクリスマス包装になるのだけれど。

包んだ上で、さらにリボンを掛ける。

細いテープ状のリボンは縒《よ》れやすいけれど、くるりと巻きつけたときに捻《ね》じれていたらみっともないのでやりなおしとなる。十字に巻きつけてから蝶結《ちょうむす》びにしてハサミを入れる。まっすぐに切るのではなく、上手《うま》い角度で斜めに切り落とすと見栄えがする。

覚えたての頃は自分でもいまいちだった。今思うと申し訳なくなる。

ラッピングの依頼を受けるたびに、ひえー、と内心で思いつつ、俺自身、綾瀬《あやせ》さんに贈る誕生日プレゼントのことを最近考えているのもあって、もらった人がガッカリしないようにきれいに包んであげなきゃなとも思う。

　誕生日プレゼントか。

　俺の頭は、忙しさから逃避するかのように手を動かしつつ考え始めた。

　といっても、何を贈るかさえ、まだノープランだ。

　いったい何を贈ったらいいものか。どんなものなら綾瀬さんは喜んでくれるだろう。

　綾瀬さんの友人である奈良坂《ならさか》さんに贈ったときも、そういえば綾瀬さんに任せきりだったなと思い出した。あのときは綾瀬さんが奈良坂さんの好きなものに詳しかったから何とかなったけれど。

「おつかれさま」

　聞こえてきた店長の声に我に返る。

　没頭しているうちにレジ前に並ぶ客は捌《さば》き切っていた。

「もうすぐひとり増えるからね。頑張ってね」

「はい」

　読売《よみうり》先輩のいない書店バイトの大変さを俺も綾瀬さんも思い知った。売場メンテナンスなどやれる時間はいっさいなく、ふたりともほぼレジ仕事で忙殺された。

「忙しかったね。ちょっと空《す》いたけど」

「さすがにふたりだとキツイなぁ」

「読売《よみうり》さん、心配だね」

「単なる風邪だといいんだけど……。俺たちも気をつけないと」

客の流れが途切れたのを見計らって俺はレジを出る。

「売り場、見てくる」

「お願い」

急ぎ足にならないよう気を配りつつ、俺は平台の雑誌の減り具合や棚の空き具合をチェックする。と、同時に困っているお客様がいないかどうかも見る。

早くレジに戻らないとと焦りつつ本棚を回ると、案の定、妻に頼まれたとかで後宮もののミステリを探している男性がいたので案内する。書籍かと思ったらコミックで、ここかと思えばあちらの出版社で、といった具合に、探すのに手間取ってしまったけど。

案内が終わったときにはレジ前の客の列が延び始めていた。

これ以上を売り場メンテナンスに費やす余裕はなさそうだ。

カウンターに戻って、またレジ打ちに没頭する。1時間ほどでバイトメンバーがひとり増えて、ようやっと俺たちはひと息をついた。


バイトを終えて店を出る頃にはすっかり夜も更けていた。

街路樹にイルミネーションが灯《とも》る歩道を、自転車を転がしながら俺は綾瀬《あやせ》さんと帰路につく。

吐く息は白く、ハンドルが冷たい。しばらく握っていると指先が痛くなってくるほどだ。

「どうして手袋しないの？」

俺を横目に見て綾瀬さんが言った。

「ハンドル持つとき滑りやすそうな気がして。まあ、あくまでも感覚的な話なんだけどさ」

客観的に見て滑りやすいのかどうかは知らない。

いや、バイク用グローブというものがあるのだから、安全を考えるとむしろ着けたほうがいいのかも。

東京都では、高校生の自転車通学にヘルメット着用を促すモデル校制度が最近になって設けられた。水星《すいせい》高校ではまだ義務化まではなっていないけれど、今の流れではそのうちヘルメットは必須になるかもしれない。そのときには、同じ理屈でグローブの着用も促される気もしている。

「だったら、なおさらだと思うけど」

俺の話を聞いた綾瀬さんが言った。声にすこし心配そうな響きがあって、俺の身体《からだ》を気遣っているのだとわかるから、だいじょうぶだよ、などと軽々しくは返せない。

「そう、だね。ちょっと調べてみるよ」

いきなりヘルメットからグローブまで揃《そろ》えるのはハードルが高いけど。

「マフラーもしてないし。寒くないの」

「そっちはさすがに危険だと思う。運転中に何かに引っ掛けたら……」

「そっか。そうだね」

「服の内側に入れちゃうか。もしくはネックウォーマーだろうね。ただ、俺はそこまで寒さを感じたことがないかな」

なるほど、と綾瀬《あやせ》さんは頷《うなず》いた。

「でも、今日、すごく寒いから。ねえ、自転車をこっち側に回して」

「へ？　歩きにくくない？」

理由はわからなかったけれど、言われたとおりに車道側に置いて転がしていた自転車を俺は綾瀬さんとの間に入れる。ふたりの距離が離れてしまうようで、ちょっと寂《さび》しい。

そうしたら、綾瀬さんはハンドルを持つ俺の右手——綾瀬さんに近いほうの手の上にそっと自分の左手を重ねた。

ああ、なるほど。

自転車の位置がそのままだと、綾瀬さんは俺の身体《からだ》の前を横切る形で腕を伸ばさないといけないわけで、それは歩きづらいし危険だからか。

手の甲に綾瀬さんのふわっとした手袋のぬくもりが被《かぶ》さってくる。

「ちょっとは温かくなる?」

「あ。……うん」

「ハンドル、あぶないだろうから、これしかできないけど」

「わかってる。ありがとう」

利き手を束縛しないよう、あくまでふわっと重ねてくれたのだけれど、それでも風が遮られるだけで冷たさは減るし、綾瀬《あやせ》さんの手のぬくもりをかすかに感じることができた。

そのまましばらくふたりして無言で歩いた。

通りにはまだ人出は絶えず、行き交う人々が俺たちの繋《つな》いだ手を盗み見ているような気分になってしまう。そんなに他人に注目したりはしないものなのだとわかってはいるのだけれど。

照れくささをごまかすために、俺は今日で出揃《でそろ》ったテスト結果を話題に乗せた。

自分の総合点を教えると、綾瀬さんも教えてくれる。

合計815点だったらしい。

俺が819点だから、差はないに等しい。けれど、綾瀬さんは悔しそうな顔になった。

「また負けた……」

「4点の差なんて、あってないようなものだと思うけど。それに、現代文94点はすごいと思うよ」

半年で赤点からそこまで上昇させるとは。

そもそも俺は予備校に通っている。なのに綾瀬さんと変わらない点数なわけで、もしも綾瀬さんも予備校に通っていたら、あっという間に上位10位以内に入れる点数を取れるのではなかろうか。

そんな話をしたら、綾瀬さんは首を横に振った。

「私、行くつもりはないよ」

「まあ、お金も掛かるしね」

他人に頼ることを良しとしない綾瀬さんの性格を考えれば、自学自習をまずは選択するという言葉も頷《うなず》ける。

「絶対行きたくないっていうほどの主義主張があるわけじゃないけど……ね。それで結果的に迷惑を掛けたらイヤだなって思うし。前に浅村《あさむら》くんが言ってたよね、上手に頼ることの大切さ、みたいな話」

「ああ、まあ。読売《よみうり》先輩からの受け売りだけどね」

「でも今はまだ行く気はないかな」

「もし、予備校に通いたくなったら、色々と準備手伝うよ」

「ありがとう」

そう言って綾瀬さんは黙ったままほんの少しだけ手袋をしたほうの手に力を込めた。

俺の手の甲にわずかな力が掛かる。手が動かせなくなるほどの強さではなくて、でも込めた力のぶんだけ綾瀬《あやせ》さんの熱が伝わってくる気がした。吐く息は白く、襟元から忍び込む冬の風がぶるりと体を震わせる。それなのに片方の手だけが、熱い。

「それに、一緒だと……」

ぽつりと零《こぼ》した綾瀬さんの言葉を俺の耳は拾い損ねた。

首を回して彼女の横顔を見たときには、もう視線をあげて前方の暗闇を見据えて歩いていた。

人混みと共に大通りは背後へと遠ざかり、俺と綾瀬さんはマンションまでの細い道を歩いている。時間貸駐車場の黄色く光る看板の前をよぎると、俺たち――俺と義妹とが暮らしているマンションの明かりが見えてきた。


帰宅してダイニングテーブルの上を見る。

弁当か何かが入っているらしいビニール袋が置いてあった。その脇に付箋紙が貼り付けてある。

『夕飯だよ！』

慌ててＬＩＮＥを確認する。【仕事帰りにおかず買っといたよ】と親父《おやじ》からメッセージが入っていた。

　ビニール袋の中身を確かめる。

「こっちは酢豚とチンジャオロースだね。これならすぐ食べられるよ」

「餃子《ぎょうざ》か」

　綾瀬さんが袋から取り出してテーブルに並べる。

　シフト調整の都合で学校から帰宅せずバイト先へ向かう必要があったため、夕飯の準備をしていけない日だった。

　俺も、綾瀬さんもだ。

　そう伝えてあったから買ってきてくれたのだろう。その親父はといえば、もう食事を済ませて寝室で寝てしまっている。亜季子《あきこ》さんはもちろん仕事。

「浅村《あさむら》くんは、何か汁物ほしい？」

「レトルトのスープがあったはず。あれでいいかな。綾瀬さんもそれでいい？」

　綾瀬さんが頷《うなず》いたので、俺は食器棚に突っ込んである買い置きのコーンスープを取り出してきた。顆粒状《かりゅうじょう》のやつだ。電気ケトルで湯を沸かしている間に、味噌汁《みそしる》のお椀《わん》をふたつテーブルに並べておく。

　その間に、綾瀬さんのほうは親父の買ってきてくれた総菜を器に移していた。

　俺ひとりだったら、冷たくても買ってきたままのプラ容器で食べてしまうところだけれど、綾瀬さんはちゃんと温めるし、いちど家の器に移すことを好む。美味《おい》しそうに見えることが美味《おい》しく食べることに繋《つな》がるというポリシーらしくて、青い皿にきれいに並べられて湯気を立てている中華総菜は、確かに食欲が増すような気もする。

温かいご飯を装《よそ》って、いただきますと言いあって食べる。

「浅村《あさむら》くんのタレ、そういうのなんだ」

綾瀬《あやせ》さんが何気なく言った。

「え？　何か変？」

俺は首を傾《かし》げた。俺も彼女も手元の小皿に入れたタレで餃子《ぎょうざ》を食べている。一見すると違いは見えなかったが、目を凝らしたらようやく気づけた。

「それ酢だけ？」

「そう、お酢。浅村くんのってまさか醤油《しょうゆ》だけ？」

「えっ。餃子は醤油でしょ？」

「お酢でしょ」

「……美味しい？」

「その台詞《せりふ》は私も言いたい」

味が想像できない。俺は思わず、そう言ってしまい、綾瀬さんが自分の小皿をついっと俺のほうへと滑らせてきた。つけてみろ、という意味だと思う。

ピタリと俺の体感時間が止まる。

——綾瀬さんが使っている皿を使っていいのだろうか？

家族であっても他人とシェアすることが苦手な人もいる。そこは俺は気にしないほうだけど。

けれど、別の意味で気になってしまうわけで。瞬間、戸惑ってしまい、家族ならばこれはふつうだと言い聞かせた。

綾瀬さんの小皿のお酢をつけて餃子を齧《かじ》る。レンジで温めてあるから、歯で押して餃子の皮を口のなかで破ると、うまみを乗せた温かい汁がじゅわっと溢《あふ》れてくる。それが自分のタレとちがう酸っぱいタレと絡み合う。いつもと違う味。けれど、酸っぱいから食べられないなんてことはない。ちゃんと美味しい。

この違いを説明するのは難しい。

「なるほど。こういう味になるんだね」

「美味しい？」

「うん。美味しいな。これだけだとちょっと物足りない気分になるけど。でも、こっちのほうがさっぱりしてるかも」

「でしょ。胡椒《こしょう》を足しても美味しいよ」

「亜季子《あきこ》さんは？」

「お母さんも同じ。お醤油だと味が強すぎるって言って」

「なるほどね。あ、俺のほうも試してみる？」

お返しに小皿を滑らせると、綾瀬《あやせ》さんも同じように箸をつけて口に運ぼうとし、何かに気づいたかのように一瞬だけ動きを止めた。けれどそのまま食べきる。

「うーん。お醤油《しょうゆ》の味がする」

「そりゃそうだろうね」

それぞれ自分の皿を引き取って、そこからしばらくは互いに黙々と箸を動かした。食事も終わりに差し掛かった頃、俺は帰り道に考えていたことを話題に乗せる。

「誕生日なんだけどさ」

綾瀬さんが顔をあげた。

「うん？　お互いの誕生日に祝おうって話のこと？」

「そうそう。プレゼントを考えていたんだけど。綾瀬さんは何か欲しいものとかある？」

「あ、それ、私も聞こうと思ってた」

綾瀬さんもか。

こういうところは似ているんだな、と改めて思う。いらないものをもらっても嬉《うれ》しくはないだろう。そう思っているということだ。綾瀬さんに確認してみると、やはり同じ意見だった。だから、勝手に想像しあうのではなく、しっかり相談してから買おうよ、ということで一致する。

さらに綾瀬さんが付け足してくる。

「あと、値段も。あまり高いものはやめない？」

「そうだね。そもそも、お金も貯《た》めようとしてるわけだし」

「で、浅村《あさむら》くんは何か欲しいもの、ある？」

いきなり言われても思いつかない。

といっても、ここで「なんでもいい」と返すのは、「なに食べたい？」と聞かれて「なんでもいい」と返すのと同じくらいまずい返答なのはわかっていた。

けれど、さすがにすぐには思いつかなくて、ちょっと考えさせて、と答えを先延ばしにしようとしたときだ。

「ネックウォーマーとかどうかな」

「あ、さっきの」

帰り道、首元が寒そうだと綾瀬さんが言って、でも、マフラーとかは危ないと答えたっけ。そう考えてみると、もしかして最初に綾瀬さんはマフラーをプレゼント候補にしていたのかもしれないと思えてくる。

確かにネックウォーマーだったら高価すぎないし、条件にぴったりだ。

「綾瀬さんのほうは何がほしい？」

訊《き》いてみると、すぐに答えが返ってきた。

「お風呂で使うちょっといい石鹸《せっけん》」

「石鹸？」

答えを聞いて、すこし意外だった。

プレゼントを意識したときに調べてみたけれど、好きな相手へのプレゼントは形に残るものがいい、とされていることが多かった。

「それって毎年残るものをもらい続けたら、全身プレゼントだらけになっちゃうし、いざ壊れたりして捨てなきゃいけなくなったときに、何か大切なものを捨てたような気になるでしょ。なら最初から、なくなるのが当然のもののほうがいい」

受け取る前から捨てるときのことを考えるのが綾瀬《あやせ》さんらしい。

一見すると冷たそうな意見だけど。

でも、と俺は気づいたんだ。

裏返せば、毎年プレゼントを交換し合う関係でい続けることを前提とした話だ、と。

いちどだけで終わる気がない。何度も贈り合う相手だからこその……。

「わかった。じゃあ、今年は石鹸にする」

俺の言ったことを正確に理解してくれた綾瀬さんは、嬉《うれ》しそうに微笑《ほほえ》んだ。

●12月11日（金曜日） 綾瀬沙季《さき》

帰りのSHRが終わって担任が教室を出ると、脱力した空気が教室に漂った。

クラスメイトたちが気の早いクリスマスの予定を語り始めた。浮かれざわついた雰囲気になる中、私は今日ですべて返ってきた解答用紙をとんとんと机の上で丁寧に揃《そろ》える。

合計815点。

まあまあ満足のいく結果。

「沙季、おっつー！　その顔、さてはだいぶよい点数だったと見えるぞ、おぬし」

真綾《まあや》がわざわざ私のところまで来てそんなことを言った。

「おぬし、って……時代劇アニメでも見たの？」

「拙者、赤点侍と申すもの」

「斬り捨てられそうな二つ名だけど」

「浪人のほうがカッコイイかな？」

「どっちでもいいけど。どっちにしろ斬られそう。というか侍から離れなさい」

「むむ。じゃあ、ええと……うーんと」

「だから、どっちでもいいって」

よくわからない拘《こだわ》りがあるみたいだけど、私にはよくわからないから流した。

「沙季《さき》ってば相変わらず冷たい。もう12月も半ばだよ。この季節くらいはあったかくしてもいいんじゃない？　そしたら、ひっついてぬくもりで暖とるのに。ほかほか沙季たん、見たいよー」

「人をカイロ代わりにしないで。で、いくつだった？」

テストの結果の話だ、もちろん。

「８０１！　ヤマもオチもイミもない点数だよ！」

「なにそれ」

「わかんない健全な沙季にはご褒美にアメちゃんをあげよう」

持ってもいない架空の飴玉《あめだま》を差し出すフリをする真綾《まあや》に合わせて、私は手のひらを上に向けて受け取ったフリをした。

「はいはい」

「沙季って、だいぶノリよくなったよねー。浅村《あさむら》くんに感謝しないと」

「なんでここで浅村くんが出てくるの？」

にまぁ、と微笑《ほほえ》まれる。ハッと気づいて、でももう遅い。さらに、ここで言い返したら、また何か言われるにちがいないと悟る。私は唇を引き結んで耐えた。

「で、沙季は？」

「８１５」

「おー！　ドヤ顔するだけあるね。すごいじゃん」

「そんな顔——」

してない、と言いかけて、止まる。

してたかな。してたかも。なんとなく自覚はあった。頬《ほお》が緩んでいるのもわかる。

声も多少、弾んでいたと思う。

そうしたら、周りがちょっとざわついた。

耳の端に「なんか綾瀬《あやせ》さんの雰囲気が……」「笑顔なんて初めて見た」とか聞こえてくる。

いや嘘《うそ》でしょ。私、笑顔くらい今までだってしてたよね？

「珍しいものを見たような言われ方をされてる？」

「メタルスライム並みに珍しいよ」

「よくわかんない例えをされても」

「いつもクールビューティだってこと。まあ、そんなかっこいいもんじゃなくて、好かれることに無関心なだけでしょ、沙季はさ。評価は気にするくせに」

真綾の言葉は辛辣に聞こえるけれど、確かにそのとおりだ。それよりクラスメイトたちの声に好意的な響きがあるのが意外だった。

「しっかし、14点差かぁ。もうちょいだったなあ。次は絶対負けけん！」

「はいはい」

「くそー。一勝しただけでそこまでドヤられると悔しさも倍になるよー」

「ドヤってないから」

「で、沙季《さき》」

ん？

「そろそろ誕生日でしょ」

「あ、うん。そうだけど」

唇を噛《か》みしめんばかりの悔しそうな顔が一瞬で消えて、真綾《まあや》は心なしかうきうきとした表情になって言う。話題があっという間に切り替わるので付いていくのが大変。

「何かプレゼントあげたいな～、なにあげよっかな～」

「気にしなくていいよ」

「するよー。するする。めっちゃする。したいからする」

「あ、はい」

「でさ、ってことは浅村《あさむら》くんもそろそろ誕生日？　確か近いって言ってたよね」

「彼は私の一週間前」

「カレ！」

「一般的な三人称代名詞を特殊な発音しないで」

深い意味なんてなかったのだ、本当に。

「あれ？　一週間前ってことは……」

「13日」

「明後日《あさって》じゃん！　ダメじゃん！　なんで教えてくれないの！」

「えっ？　……ごめん？」

「あー、ってことは、沙季と同じで休日かー。日曜日に、人のカレシをわざわざ呼び出して誕プレ渡すのもねー」

「だから浅村くんは──」

「カレシじゃなくてお兄ちゃんだったら、呼び出してもいい？」

「……だめ」

にやにや笑いをされたが、理由はノーコメントだ。ブラコンとでも思ってくれたほうがマシだから。

「じゃあ、わたしからのプレゼントは沙季から渡してもらうとしよう」

気にしないでくれって、たぶん浅村くんなら言うと思うけど。でも、真綾は気にするんだろうな。それも義理とか世間体とか関係なく。さっき言ったとおりに、自分が気にしたいから気にする。

それがわかるから気にしないでとも言えなかった。

「浅村《あさむら》くんへのプレゼントだったら、ゆっくりでだいじょうぶだと思うよ。どのみち、我が家では、私と浅村くんの誕生日会は、クリスマスと一緒に24日にやることになってるから」

「おにいちゃんと一緒なんだー」

「まだ言うか……」

「家族水いらずってわけねー。よき〜。じゃ、会ってメリクリとかできないかー」

「だからいらないって。真綾《まあや》こそ、クラスのみんなとパーティーとかするんじゃないの？」

「あー、その日はちょっと用事が――」

ああ、それじゃ、仕方ないね。

「って――ほら。そんなのやったら、カレカノいる人あぶり出しパーティーになっちゃうからね！　わたしの気遣いだよ、わはは！」

ん？

「そう？」

「そうそう！　ほら、わたしたちも高校生ともなればさ、それなりにそれなりの関係があったりなかったりするじゃない？」

……なに、今の間。

ひょっとして真綾にもそれなりにそれなりの関係の人がいて、その人と過ごす予定が入っていたりするんだろうか。私にも言わないような。

言えないような。

「それなりの関係……」

「ご興味がおありで？」

覗《のぞ》き込《こ》むように顔を近づけられて言われ、私は首を横に急いで振った。ないない。

「まあ、沙季《さき》っちにはまだ早いかあ」

「なんで先輩風吹かせてるかな」

そこでまた、にまぁっと笑みを浮かべるのだ。思わず「うそっ」と声が出そうになった。

誘導尋問だこれ。なにも誘導してないくせに、顔芸ひとつで思わず口を滑らせそうになっていた。おそるべし奈良坂《ならさか》真綾。秘密を抱えたまま他人の秘密を暴くオンナ。

って、今日の私の思考は変だ。

なんとなく真綾だったら、そういう関係の人ができたら言ってくるものと思ってた。

私にも特に言ってきたりしないのだとしたら、それなりの関係の人、なんて隠しておくのが普通ってことかもしれない。

そもそも、真綾に付き合ってる人がいるかどうか、わかってないんだけどね。

バイトの慌ただしい時間はあっという間に過ぎた。

今夜は珍しいことに読売《よみうり》さんがお休みだった。

おかげでかなり忙しくて。レジ打ちで忙殺されて記憶がちょっと飛んでいる。

ふと視線を上げると、並木道を彩っているイルミネーションが瞳に映る。

流れる定番の冬の音楽に時折セールを煽《あお》る店員の声が重なっている。

ああ、もうすぐクリスマスだな、と実感してしまう。

隣を歩いている浅村《あさむら》くんは自転車を車道側にまわし、私の歩調に合わせてゆっくりと押してくれていた。バイトのあと、最近はずっと一緒に帰っている。ハンドルを持つ剥《む》きだしの手が寒そうだった。

どうして手袋をしないのかと訊《き》いたら、ハンドルが滑る気がすると言われた。

安全の為《ため》ということみたいだけれど、そもそも、そのうち自転車に乗るときはヘルメットにグローブは必須になるかも、とすぐに自分で突っ込みを入れていた。

「だったら、なおさらだと思うけど」

少し呆《あき》れ気味《ぎみ》にそう言ったら、浅村くんはちゃんと調べてみると言ってくれた。

「マフラーもしてないし。寒くないの」

と、さらに重ねて訊いてしまったのは、もちろん襟元が寒そうに見えたというのもあるけれど、持ってないのかな？　ってちょっと前から気にしていたからだ。

冬の贈り物の定番のひとつだよね。マフラー。

そうしたら、マフラーは手袋以上に自転車には危険だと言われてはっとなる。

確かに……そうかも。

それでも冷たそうな手をそのままにしておくのは嫌だったから、私は浅村くんの片手に自分の手を重ねた。手袋越しだけれど、これで寒い風からちょっとでも守れるといい。

いつの間にか大通りから私たちは小路《こみち》へと入っていた。

街灯の数も減って、人通りもほとんどない。だからできたことなのかも。誰も見ていないから。

手を重ねているだけなのに、ほらこんなに心臓がドキドキしている。鼓動の激しさが手のひらを通して彼に伝わってしまいそう。でも伝わってほしい気もしている。

「テスト、どうだった？」

いきなり声を掛けられて心臓が跳ねた。

「あっ、うん。ええと、８１５」

「すごいなぁ」

そう浅村くんは言ってくれたのだけれど、彼の点数は８１９点だったらしい。ないに等しい差なのはわかってる。べつにどっちが勝ったからどう、という話でもない。

けれど、口をついて出た言葉は。

「また負けた……」

ここまで浅村《あさむら》くんに負けたくないという気持ちになるのはなんでだろう、自分の競争心がちょっと自分でも不思議。理由はわからなかった。

よほど口惜しそうに聞こえたのか、浅村くんったら、自分の点数は予備校のおかげだの、現代文を赤点ラインから大幅に伸ばしたのは偉いだの持ち上げてくる。

予備校に通えば自分より高い順位に行けるよ、とまで。

「私、行くつもりはないよ」

「まあ、お金も掛かるしね」

それもあるけど。

浅村くんの提案に素直に頷《うなず》けないのは、弱さを見せることのできない私の弱さゆえなのもある。頼ると無限に頼ってしまいそうで怖くて。それではいつまで経《た》っても頼るというスキルは身に付かないのだけど。

「通いたくなったら、色々と準備手伝うよ」

とまで言われてしまって、私はちょっとだけ後ろめたくなった。

お金が掛かるというのも、人に頼れない性格のせいもある。けれど、予備校に通いたくない一番の理由――それは別のところにあった。

浅村くんと同じ場所にいすぎると視線で追ってしまってきっと集中できない。

本人にはぜったい言えないけど。

恥ずかしすぎでしょ、そんなの。

自宅のマンションが見えてきて、私の頭はようやく通常モードに復帰した。

具体的に言えば夕食の献立をどうしようかと。

私と浅村くんとふたり揃《そろ》ってこの時間の帰宅だ。しかも一度帰宅して夕食の準備を済ませておくこともできなかった。手早く済ませるには……。

なんて考えながらダイニングに入ればテーブルの上にはお義父《とう》さんが買っておいてくれた中華総菜が待っていた。餃子《ぎょうざ》、酢豚、チンジャオロース。思わず頬《ほお》が弛《ゆる》む。

なんてありがたい。もしかしたらお母さんが頼んでくれたのかもしれないけれど、浅村くんのお義父さんならこれくらいの気遣いは充分にしてくれそうでもある。

器に装《よそ》って温めて、その間に浅村くんがご飯とスープを用意してくれる。

いただきます。

食べ始めたら浅村くんと餃子のタレについてちょっとした見解の相違があった。

お互いのタレを交換して食べてみたけれど、やはり私には醤油《しょうゆ》派の主張は受け入れられない。

そういえば、浅村くんは確か目玉焼きも醤油だったっけ。

彼のつけていたタレを借りたときだ。あのときちょっとだけ私は怯《ひる》んだ。えっとこれって……と、気づいてしまった。

これ、間接キスじゃない？　いやいや、間接のさらに間接なキスくらいでしかないんだけど。それで動揺するなんて。小学生か、私は。

黙々と箸を動かすことになった。

ちょっと沈黙に耐えられなくなってきた頃、浅村《あさむら》くんが誕生日プレゼントの話題を出してくれて、私は喜んでそれに乗っかった。

形の残らないプレゼントでいい、と告げたら、浅村くんは驚いた顔を見せた。

でも、もしもこの関係が終わらないなら、モノに頼らなくても思い出は残る。毎年毎年記憶の中に思い出を降り積もらせることができるのなら、それで充分素敵だと思う。積もり重なった記憶は形あるモノよりも光り輝くと思うから。

そんな風に考えるようになったのは実父のせいだろう。

あの人はとても形にこだわる人だった。

まだ幼い頃、あの人が優しかった頃は、母や私によくプレゼントを贈っていた。会社も従業員のためにと見栄えのするビルにオフィスを移したりと、とにかく形やモノにこだわっていた。変わってしまった後のあの人は、「俺が買ってやった物で生活しているくせに文句を言うのか」なんて言うようになってしまった。

形に縛られたのだ、あの人は。

だから私は貰《もら》うなら形のないもののほうがいい。

というのが半分。もう半分は……。

私は父が出て行ったときの母の背中を覚えている。肩を落とし震わせていたけれど、振り返って私を抱きしめてくれたときには涙さえ見せなかった。私を不安にさせまいとして。

それでも悲しみは伝わってしまう。

私は今のこの感情や関係が、永遠のものだとまでは信じきれずにいる。

もし、この関係が終わる日がくるなら、手元に残ったプレゼントを見て切なくなってしまう気がする。だから、形の残らないプレゼントでいい。

受け取る前から哀《かな》しい思い出になった後のことを考えるのが自分らしかった。

●12月13日（日曜日）　浅村悠太《あさむらゆうた》

何ごともなく土曜日が過ぎて。

明けた日曜日は誕生日だけれど、世界が一介の高校生の生誕を特別扱いしてくれるわけもなく、当たり前のように俺は午前中は予備校に行き、授業を受けていた。

朝イチの講義が終わって、短い休憩時間になる。

コーヒーでも飲もうと自販機のある休憩スペースへと向かう。廊下を曲がった先にある教室三分の一ほどの空間には、食堂にあるような大きめのテーブルが六つ置いてあって、周りに折り畳みのパイプ椅子が並べられている。

ミルクあり砂糖なしを選んで紙カップに注がれた茶色の液体に息を吹きかけながら俺は空いている椅子を探した。

見覚えのある女子がいる。

藤波夏帆《ふじなみかほ》だ。

彼女の前の席だけがぽつんとひとつ空いていた。

顔をあげた彼女と目が合ってしまい、俺はその席に腰を下ろした。

「おはようございます」

ややくぐもった声で挨拶をしてくる。

「おはよう。どうしたの、風邪？」

背の高いその少女は白いマスクをしていた。

「風邪ひいてたらそもそも予備校に来ませんよ。これは予防です。冬は空気が乾燥してて特に風邪や感染症には気をつけなきゃなので」

「ああ、なるほど」

「おばちゃんに言われてるんですよ。あんたも冬場は、しっかりマスクして過ごしなって」

俺は黙って頷《うなず》いた。

藤波の言う『おばちゃん』とは彼女の現在の後見人だ。実の親との死別と親戚とのトラブルから彼女を救い出し、面倒を見てくれている人らしかった。

「まあ、つけててもかかるときはかかるんですけどね」

「予防は重ねることで効果があるっていうから、しないよりはしたほうがずっといいと思うよ。俺も小さいとき、手洗いうがいをしつこいくらいやってた時期があったな」

「おや。小さいとき、だけ？」

「風邪をひいて、誕生日のケーキを食べ損ねたことがあってね。翌年、ぜったい風邪をひかないぞって」

「ああ、誕生日、冬なんですね。そろそろですか？」

「というか実は今日なんだ」

肩をすくめて言った。

「そうでしたか」

藤波《ふじなみ》はその場で席を立ち、何も言わずに自販機へと歩いていった。小銭をポケットから取り出すと、缶入りのホットコーンポタージュを買う。

おなかでも空《す》いたのかなとぼうっと見ていたら、帰ってきた藤波はコトンと俺の前に缶を置いた。

「お誕生日プレゼントです。コーヒー飲んでるところに余計な負担かもですが」

「えっ」

「あと、しょぼいですが」

「あ、いや。そんなことは思わないけど。ええと……」

貰《もら》えると思っていなかったので、予想外――ちょっとしたサプライズだ。

「ありがとう」

「いえ。消えモノですし、高いモノでもないので。礼を言われるほどのものでもないです。形に残るモノは例のカノジョさんから貰ってください」

俺は思わず苦笑してしまった。

「では、あたしはこれで」

そのまま背中を向ける藤波に対して、細い缶をつまんで目の高さに掲げて改めて軽く頭を下げて見送った。

大したもんじゃないと藤波は言ったけれど、こうして誰かに祝ってもらえるのは、素直に嬉《うれ》しかった。

夕方からはバイトだった。

シフトの時間よりも二十分も早く店に着いてしまい、じゃあ、売り場の様子でもざっと見ておこうかと、スポーツバッグを抱えたまま店内を巡る。

今日もそこそこ客の入りは多いようだ。

平台に積まれた雑誌の冊数を目で数えていると、背中をポンと叩《たた》かれた。

「や、後輩君」

振り返ると、長い黒髪を艶《つや》めかせた読売栞《よみうりしおり》先輩が立っていた。

「ああ。ええと、こんにちは」

「ほい。幾久しゅう」

「……いく……？」

なんだって？

「幾久しくってのは――」

「意味はわかります。おひさしぶり、みたいな意味ですよね？」

手紙の冒頭なんかで使う言い回しだ。

「それ！　なんだ知ってるじゃん」

「まあ。リアルでそんな挨拶してくる人に俺は初めて会いましたけど。というか、もうお体はだいじょうぶなんですか」

店を行き交う客の邪魔にならないよう、動線から外れつつそう返した。すると読売《よみうり》先輩は指で事務所のほうを指して歩き始める。ここじゃ客の邪魔になるから事務所に行こうよ、みたいな意味だろう。

了解のしるしに軽く頷《うなず》いて後に続いた。

「もうすっかり治ったよう。いや、でもホント、ひさしぶりな気がするねぇ。心配してくれたかー」

「それは、先輩ですから。治ってよかったですね」

「おといの時点ではもうほぼ良くなってて、バイトのみんなにうつさないように念のため今日まで休んでおいただけだから」

「風邪でしたか？」

「それそれ！　ノドがらっがらでさー。熱は39度を超えるし」

「大変でしたね」

「参った参った。参っていいのは隣の神社。参りましたよお稲荷《いなり》さんってねー」

相変わらず謎にオヤジ成分を発揮する読売先輩だった。うん、平常運転。どうやらちゃんと完全復活して出てきたようだ。

益体もない短い会話をしつつ事務所へ。ノックをして入るが誰もいない。

「ほんと、気をつけてたんだけどねぇ。先週末の耐久カラオケがまずかったかなー。高校の友人たちと久しぶりに集まったからさぁ」

「同窓会でしたか」

「部活仲間が来月結婚するのだよ」

「え!?」

思わず声が裏返った。

「まさかいちばん遅くなるだろって言ってた、まおちゃんに先を越されるとは。専門学校卒業したらって約束だったらしいからさぁ。半年以上遅れたーってぷんすかぽいっと怒ってたくらいだよぅ」

「あ、はい。おめでとう、ございます？」

「わたしが結婚するわけじゃないよ？」

「それはそうですが」

ほかになんと返せばよかったのか。まあ、読売先輩の同期なら成人年齢は超えてるのだろうし、現代では早いとはいえありえないことではないけど……。

「いささかマリッジブルーだったんだよねー。だから、愚痴を聞いてやりつつのカラオケ三昧だったってわけで。うん、後輩君も気をつけるんだよぅ」

「はあ」

あまりにも遠い世界の出来事に思えて、そう言われても何をどう気をつければいいのか。まったく想像もつかなかった。

「他人同士が社会的パートナーシップ契約を結ぶことに対して現代においても様々な軋轢《あつれき》が発生するものでね」

「そうですか」

「あらゆる結婚というものはだね。本質的にはロミオとジュリエットなのだよ、後輩君」

「相容《あいい》れないもの同士の出会い……ですか」

「目玉焼きにはソース派のキャピュレット家と塩胡椒《こしょう》派のモンタギュー家の間には越えられない深い谷が横たわっているのだ」

「シェイクスピアに怒られませんか？」

「価値観の相違は時に争いを生み、悲劇を生む。悲しいねー。後輩君は何派？」

「目玉焼きなら醤油《しょうゆ》が好きです」

「おっと、第三派閥だったか。ちなみにわたしはケチャップが好きだよぅ。醤油党の親に結婚を反対されたらどうしよう。おお、ロミオ、あなたはなぜ醤油なの。いますぐその調

しょうゆ
KETCHUP
…

味料をお捨てになって。いやもったいないから結婚やめようか」

「よくわからないことがわかりました。降参します。で、何か話があるんですか？」

話をしたいからわざわざ事務所まで付いてこさせたんだろうし。

「それそれ。後輩君、今日誕生日だったよね」

読売《よみうり》先輩は手から提げていた紙バッグをテーブルに置く。

「ええ、まあ。……よく知ってましたね」

「んー。沙季《さき》ちゃんから聞いた。彼女も来週なんでしょ？」

「そうですね」

「沙季ちゃんのはまた後にするとして、ほれ」

そう言いながら紙バッグから取り出してきたのはぶ厚い紙の袋だった。たぶん、本だ。

視線で問いかけて頷《うなず》かれたので袋を開ける。

「わ……これはまた……」

古ぼけた本が多い。古書店で購入したのかもしれない。

プラトンの『ソクラテスの弁明』、デカルトの『方法序説』、カミュの『シーシュポスの神話』、カントの『純粋理性批判』……ニーチェの『ツァラトゥストラかく語りき』もあった。

「これ……すごいですね」

「読売栞《しおり》厳選、オススメ哲学書セットだよん。あんまり時代とか哲学史の流れとか考えてないから、体系的でもないし、抜けてるやつも多いけど」

「充分です。こういうの、さすがに高校生の俺には買うのハードルが高いんですよね。せっかく買っても読んで理解できないんじゃって思って構えちゃうし。図書館でぱらっと目を通したことはあるんですけど」

「ホントは、大人のおもちゃにしようか迷ったんだけど、青少年なんたらで捕まるのが怖くて、わたしとしたことが日和《ひよ》ってしまったのだよ」

「哲学書セットでよかったです」

「つまんなくてごめんね」

真面目な顔をして謝られると、大人のおもちゃうんぬんが冗談に感じられなくなってくるので勘弁してください。その発想の温度差で風邪をひきそうなくらいなんですから。

「ありがとうございます」

藤波《ふじなみ》さんからコーンポタージュを貰《もら》ったときと同じで、サプライズだから余計嬉《うれ》しさを感じるのかもな。

プレゼントの内容をすり合わせたほうが互いに満足できる。そう思っていたけれど、こういう期待していなかった贈り物も嬉しい。

古い本が多いから、たぶん文章も読みづらい。それでも読むというより噛《か》む、噛みしめるように本を読む活字中毒の俺には、ありがたい贈り物なのは間違いない。

読み切るまでたっぷり時間を費やせそうだった。


バイトを切り上げて帰宅すると、亜季子《あきこ》さんはバーへ仕事に出ていて、親父《おやじ》がまだ起きていた。綾瀬《あやせ》さんと一緒に俺の帰りを待っていてくれたのだろうか。

日曜日で時間があったからか、それとも今日が俺の誕生日だからか、綾瀬さんが用意してくれていた夕食は、いつもよりはちょっと豪勢で、メインがローストビーフだった。

それにサラダとジャガイモのポタージュが付いている。

席に着いた親父が「おや、今日はなんか立派だね」と言って、それからひとつ大きく頷《うなず》いた。

「ああ、そういえば今日は悠太《ゆうた》の誕生日か」

「覚えてたんだ」

意外だったからそう言ったら、親父が心外そうな顔になる。

「当たり前だろう？」

「俺と綾瀬さんの誕生日はクリスマスと兼ねてやろうって言ってたからさ。てっきりその日まで忘れてると思ってたよ」

「まあ、沙季《さき》ちゃんが夕食に気を遣ってくれていなかったら、思い出せなかったかもしれないけどねぇ」

「やっぱり忘れてたな？」

「はっはっは」

「笑えば許されると思ってるな」

ごまかすように笑う親父。もっとも、俺も本気で怒っているわけじゃない。俺たちにはよくあるやりとりだった。

「まあまあ」

綾瀬さんが苦笑を浮かべつつ、ほら、とお茶碗《ちゃわん》を渡してきた。ほかほかのご飯を受け取る。三人ぶんの箸を並べ、湯呑《ゆのみ》にはお茶を淹《い》れて、取り皿を配る。

テーブルを布巾で拭くのは親父の役割だ。このあたりの分担は亜季子さんたちが家に来てから自然と決まっていったことで、元々は俺も親父も、食事の前にテーブルをいちいち拭いたりしない性格だった。食後に汚れたら拭く、ぐらいの感覚だ。

亜季子さんはバーテンダーとして働いているだけあって、食卓はいつもきれいにすることを好んだ。綾瀬さんもその影響をたぶん受けている。いま、俺も親父も、そのふたりに影響を受けているところというわけ。

「いただきます」

声を揃《そろ》えて食事を始める。

ローストビーフに齧《かじ》りついた親父《おやじ》が開口一番で「おいしいよ！」と叫んだ。

「いやあ、沙季《さき》ちゃんは料理が上手《うま》いねえ」

「親父、その台詞《せりふ》、昨日も言ってなかったっけ？」

「何度でも言うよ。だって、ほんとうに美味《おい》しいんだから！」

こういうのも親馬鹿って言うんだろうか。

綾瀬《あやせ》さんがいつものように、大したことはないですと言いつつ照れていた。炊飯器を使って作ったのだと言う。

「炊飯器で？」

「できるよ。プリンとかホットケーキもね。今の炊飯器はかなり優秀だから」

「そうなんだ」

炊き込みご飯くらいはやったことがあるけれど。まさかそんな使い方が。

ローストビーフには均等に熱が通っていて、内側は見事なピンク色をしていた。固くなってもおらず、口の中で噛《か》めばじゅわりと肉汁があふれる。甘いタレの、玉葱《たまねぎ》と醤油《しょうゆ》の風味がご飯と絡んで——。

「いくらでもお代わりできそうだ」

「ありがとう。作った甲斐《かい》があった」

綾瀬さんが嬉《うれ》しそうに微笑《ほほえ》む。

やっぱり俺の誕生日だから作ってくれたんだろうか。そう考えただけでなんかむず痒《がゆ》い嬉しさを感じる。考えて箸が止まってしまい、俺は慌ててご飯の残りをかきこんだ。

「お代わり、もらうよ」

照れの感情から逃げるように席を立って保温ジャーへ。

食べ終わって風呂の用意を親父がしているとき、ふたりで洗い物をしつつ、綾瀬さんがそっと耳打ちしてくる。

「あとで、部屋、きて」

心臓が跳ねる。

綾瀬さんは声に出さずに口を動かした。

ぷ・れ・ぜ・ん・と。

読唇術などなくても読み取れる、簡単な五文字だった。

親父が風呂に入ったのを見計らって綾瀬さんの部屋の扉を軽く叩《たた》いた。

許可を得てから静かに扉を開けて、こっそりと入る。

待っていた綾瀬さんが言う。

「えっと……。実は真綾《まあや》からも預かってる」

「預かってるって……。えっ、まさか、プレゼント？」

頷《うなず》かれた。

四度目のサプライズだ。

まさか丸《まる》、藤波《ふじなみ》さん、読売《よみうり》先輩に続いて、奈良坂《ならさか》さんからも誕生日プレゼントを貰《もら》うなんて想像してもいなかった。

「まず、こっちからね。真綾《まあや》からの」

ぽん、と手渡されたのはラッピングされた本だった。

サプライズプレゼントを四人から貰って、その内の三人から渡されたのが本……。

「……俺って、そんなに本好きに見える？」

「えっ。ちがうの？」

真顔で言われて俺は口元を引きつらせた。

しかも、ラッピングを剥《は》がしてカバーを掛けてある本を軽く開いて見れば『恋愛に勝利するための七つの法則』ときた。

開いたページに何か挟まっている。危うく滑り落ちそうになって押さえた。

厚手のメッセージカードで、HAPPY BIRTHDAY と書かれた吹き出しの中に奈良坂さんからの手書きの言葉が添えてあった。

『これ読んで沙季《さき》のハートをゲットしちゃえ♡』

変な顔になった。

「なに？　どうしたの」

「なんでもないよ。なんでもない」

本を閉じた。ラッピングをもういちど掛け直す。

いったい何を書いてくれるんだ、奈良坂さん。見なかったことにしよう。

「で、こっちが私から」

赤の包装紙できれいにラッピングされたプレゼントを渡される。開けてみれば約束どおりにネックウォーマーだった。触り心地のよい、ふわりとした材質でできている。明るい色を選んだのは、夜間に自転車に乗って帰ることを考えて、車の運転手たちからの視認性を重視したからとのこと。

何を貰えるのか事前にわかっていてもやはり素直に嬉《うれ》しい。サプライズがなくてもだ。

「誕生日、おめでとう」

「ありがとう」

「ケーキに蝋燭《ろうそく》とかはクリスマスのときになっちゃうけど」

「まあ、それはね。でも、それは綾瀬《あやせ》さんも同じだし。家族で祝おう」

「うん」

一週間後には今度は俺が綾瀬さんにプレゼントを渡すことになる。

またも日曜日だから――。

俺は今回のことを思い返して、この計画の盲点に気づいた。プレゼントをこっそり渡すことになるわけだけれど……。

「まあ兄妹《きょうだい》でもプレゼントって渡すだろうし、べつに堂々と渡してもいいのかなぁ？」

「線引きは本当に難しいよね」

でも人目をあんまり気にしないで過ごしたいよね、と綾瀬《あやせ》さんが言って、俺はふと思いついた。

「バイトを早めに上がれるようにシフト調整して、外食しようか？」

「えっ……。外食……」

ちょっとだけ眉をしかめた綾瀬さんだけど、すぐに俺を見つめる。

「でも、一年に一度だけ、だよね。誕生日って」

綾瀬さんが言った。

「店、探してみるよ」

「うん。わかった。そうしよう」

親父《おやじ》の「お風呂、出たよ」という声が響く。どきりとしたけれど、そのまま寝室の扉が閉まる音がして静かになった。

細かい話はあとでＬＩＮＥするよと言って、俺は綾瀬さんの部屋を出た。

●12月13日（日曜日）　綾瀬沙季《さき》

そろそろ枕元の時計は0時になろうとしている。

明日の予習を済ませ、お風呂も済ませて、寝るばかりとなったタイミングをまるで見計らったかのように真綾《まあや》からLINEが来た。

弟たちを寝かしつけ、自分の勉強を済ませて、さらに寝る前に深夜アニメを観《み》ているからこんな時間になるのだ。

まったくもう。

スピーカーモードにする。

『沙季ぃ、ちゃんと浅村《あさむら》くんにプレゼント渡してくれた？』

第一声がそれ？

「渡したよ」

『おっ！　どうだった～？』

「どうって……変な顔してたけど、なんだろう」

『そうかそうか。よしよし。むふふ』

なんだろう。

何かとても胸騒ぎのする含み笑いだ。

「あれ、本だよね？」

形と重みから間違いないと思うのだけど。

『そうだよー。浅村《あさむら》お兄ちゃん、ご本がだぁいすきでしょ？』

なぜそこで声のトーンを変えるのか。にまあという擬音が背後に浮かんでそう。

というか、浅村くんは私の兄であって、断じて真綾《まあや》の兄ではないのだけど。なぜか私と喋《しゃべ》るときは真綾は必ず浅村くんをお兄ちゃん呼ばわりする。そのせいだろうか、まるで浅村くんと真綾が兄妹《きょうだい》で、私のほうが彼らの友人のような気がしてくる。

「本、なんだよね？　ただの」

『もちろん本だよ。しかも悩める青少年に有益きわまりない素晴らしい本だよ～』

嘘《うそ》っぽい。ならこちらにも考えがある。

「面白そうだね。読み終わったら私も貸してもらおうかな」

『ダメ、ゼッタイ！』

間髪を入れる、どころか、ミクロン繊維さえ差しはさめない高速のダメだった。

……明日、問い詰めよう。

『それよりさあ。沙季《さき》は何をあげたの？』

露骨に話題を変えた友人にため息をこっそりつきながら私は答える。

「ネックウォーマーだよ」

事前に欲しいものをすり合わせて、プレゼントを決めていたと話す。これは有益な方法だと思うのだ。せっかくの贈り物なのだから無駄になってほしくないし。

ところが真綾は私の話を聞いて驚く。

「ええっ！　ありえなーい！」

スピーカーモードで音量も控えているのに耳の奥まで響くような声で言われた。

「な、なにか変？」

あまりの驚きように、私のほうが驚いてしまう。

『味気ない！　味もそっけもほっけもない！』

「ほっけはないでしょ、ふつう」

『そーいう問題じゃないやい！　こら、沙季の丞《じょう》！』

「この前は沙季の介《すけ》って言ってなかった？」

『沙季五郎《ごろう》にしようか？』

「いやです」

『そんなことはどうでもいいの！　話を逸《そ》らして誤魔化《ごまか》すのいくない！』

最初に話を逸らしたのはあんただけど。

『サプライズこそプレゼントの醍醐味《だいごみ》なのにー！』

不満たらたらに言われた。

サプライズって。

でも、お互いにとって不意打ちのプレゼントが有益である可能性なんて、かぎりなくゼロに近いと思うのだけど。つまりは他人なのだ。相手の好みを正確に把握できるなんて傲慢じゃない？

ところが真綾《まあや》はそんな私の意見を一蹴する。

サプライズが相手に与える嬉《うれ》しさ、気分がアガる感じ、というのを力説してくる。

『有益性なんてのは普段使いするものなの！』

「どういうこと？」

『欲しいものは、むしろ普段からすり合わせてちょこちょこ贈り合っておけばいいんだってば。なんでイベントにそういうのをあげようとするのよ～』

「それはイベントだからでは？」

『予測どおりなんて記憶から消えちゃうでしょ。びっくりするから覚えてるんだよ。予想を裏切って、どきどきさせるのがエンタメってもんでしょ！』

「は、はあ。そういうもの、なんだ？」

相変わらず真綾の例えは独特だった。アニメやゲームや漫画で例えられると、私には妥当性が判断できない。ほんとなのかなって思ってしまう。結果、相手の考えの正当性をいちいち腹に落ちるまで考えて、場合によっては問い詰めたりしちゃう。

だから嫌がられるんだろうなって思うけど。ピンとこないからつい訊《き》いてしまう。

――サプライズのよさ、かぁ。

真綾がそこまで言うんだから、考えるべきなんだろうことはわかるけど。

過ぎてしまったものは仕方ない。

もし本当にそれが大事なのであれば、来年またリベンジしてみようか。いちおう、浅村《あさむら》くんにも確認しておこう。サプライズは嫌じゃない？　って。

そこからは真綾により、いかにサプライズが大事かというプレゼンが披露された。

しばらく経《た》ち、睡魔に耐えられずまぶたが落ち始めると、どちらからともなく話を切り上げ、おやすみの挨拶を交わしてから通知を切った。そのままごろんと寝転がる。

なんとなく枕を抱きしめながら私は思った。

そこまでサプライズが大事なら、先に教えておいてほしかったなぁ。

●12月19日（土曜日）　浅村悠太《あさむらゆうた》

枕元のデジタル時計は06：30と表示されている。

体をほんのすこし動かしただけで掛け布団の隙間から冬の朝の冷気が忍び込んできて、俺はぶるりと震えた。まだ窓の外は暗い。

冬至に近いこの時期は、日の出まであと十五分ほどもあるはずだった。

ちなみに冬至とは、真南に太陽が来たときの高度の一番低い日を指す。

ちまっと東から顔を出して、てろてろと低く空をよぎった末に、ちまっと沈んでしまう。

おかげで夜が長い。

日本の夜明けは遠い。

「まわりが暗いと起きるのイヤだよなあ」

布団を被《かぶ》って独りごちてから、つらつらと今日の予定を考える。

俺自身の誕生日から明日でちょうど一週間。

つまり、綾瀬《あやせ》さんの誕生日だ。

誕生日プレゼントとして彼女が希望したのは『お風呂で使うちょっといい石鹸《せっけん》』とのことだった。調べてみたところ、地元の渋谷《しぶや》には、バスグッズの専門店がある。そこでお洒落《しゃれ》な石鹸を買おうと決めていた。

予備校にバイトにと忙《せわ》しなくて買い物に行く時間がなかなか取れなかった。石鹸を買う店が予備校から近い場所にあったため、この土曜日に講義の合間を縫って買いに行くことにした。

頭のなかで予定を組みあげる。

一方で、ここ最近すこし考えていることがあった。

藤波《ふじなみ》さんや読売《よみうり》先輩から思わぬタイミングでプレゼントを貰《もら》って、サプライズの嬉《うれ》しさも知ったいまだと、綾瀬さんへの贈り物にも何か驚きがほしいかも。そう、驚きとは恋愛においてスパイスとなるのだ――と、『恋愛に勝利するための七つの法則』にも書いてあったし。あれは信じてよいものか、怪しいところだが。

もちろん、迷惑になるサプライズはやりたくない。独善に陥らない範囲で、だけど何かびっくりさせられないものか。

例えば、プレゼントはそのままで、それにひとつプラスアルファするような……。

休日だからと言い訳し、だらだらと寝床のなかで考えていると、起床を促す電子音が鳴った。

思い切って布団を撥《は》ね上げる。

窓の外はとっくに明るくなっていた。

着替えてリビングに行くと、会社が休みの親父《おやじ》と、仕事から家に帰ってきてこれから眠るところの亜季子《あきこ》さんがソファに座って寛《くつろ》いでいた。

綾瀬《あやせ》さんの姿はない。

「沙季《さき》なら、もうご飯を済ませて部屋よ」

亜季子さんが立ち上がろうとしたので、俺はだいじょうぶですからと押しとどめた。

ダイニングテーブルには俺のぶんの朝食が残されていた。

ご飯は保温ジャーの中、味噌汁《みそしる》は鍋の中だろう。

味噌汁を温め、ご飯を装《よそ》う。主食は鮭《さけ》のムニエルで銀のアルミホイルを剥《は》がせば、まだほんのりと温かいピンク色の身が姿を見せた。醤油《しょうゆ》差しに手を伸ばし、ふと、俺は先日の餃子《ぎょうざ》を食べたときの会話を思い出した。

ほぐした切り身を試しにそのまま口へと運んで噛《か》みしめる。

——あまい。

初めに感じたのは甘さだった。バターの甘みだけじゃない。

塩と胡椒《こしょう》だけで味付けされたムニエルの上に載せられたレモンが、舌の先で感じ取れるくらいのわずかな酸味を加えている。味付けが控えめだからわかるのだろうか。

鮭ってこんな味だったっけと新鮮に感じる。食べなれた魚だと思ってたけど。美味《おい》しいのに、なぜかちょっと悔しくもある。変な感じだ。

味付けを薄めの塩胡椒ベースにするのは綾瀬家の基本方針のようで、それ以上の濃い味付けは、テーブル中央に置いてある調味料ラックから各自の好みごとに自分で変化させられるようにしてある。

これも「すり合わせ」のひとつだ。無理にどちらかの家庭の味付けを強要しないという意味で。

俺は調味料ラックの醤油差しを取った。

醤油を小皿に垂らして、ふたくちめはそちらに付けて食べてみる。いつもの味だ。しかし、やはりこれも美味《うま》い。

「うーん。つまりこれって……」

俺が醤油を好きなだけなのでは？

休日の朝から料理の味とは何かという哲学に目覚めそうになってしまった。

「――……た」

思考をぐるぐる回していた俺の耳が誰かの声を拾い上げる。親父《おやじ》だ。俺は哲学を食卓の上に放り投げて、顔をリビングのほうへと向ける。

「ごめん、なんか呼んだ？」

「あ、考えごとでもしてたか」

「まあ……ちょっと。で、なにかな」

醤油と塩胡椒による料理哲学に浸っていたとか言われても親父も困るだろう。

「今年も里帰りする予定だから悠太《ゆうた》もそのつもりでいてくれるかい？」

「俺は……いいけど」

反射的に亜季子《あきこ》さんのほうを見るけど、義母はもう既に聞いていたようで微笑《ほほえ》みながら頷《うなず》いている。

「沙季《さき》にも、もう言ってあるの。悠太くんには最後になっちゃったけど。予定、ある？」

「あ、俺はだいじょうぶです」

俺は慌てて頷いた。

親父《おやじ》の実家は長野だった。大学が東京で、進学してから東京住まいを始めたらしい。そして卒業後も、そのまま東京に残ったわけだ。

長野の実家では毎年新年に親戚が集まるのが習慣で、俺も子どもの頃から正月は長野で過ごすことが多かった。

小学校の頃は実母も毎年、父の里帰りに付いてきた。

ただあの人は、最後まで親父の親戚たちと心から打ち解けることはなかったように思う。帰りの車中では彼らへの愚痴が多く、それを俺は複雑な気持ちで聞いていた。俺自身はいとこたちとそれなりに仲良くやっていたから、楽しい思い出に水を差された気持ちだったのだ。

「よかった。じゃあ、みんな一緒に行けるわね」

亜季子さんが笑顔で言った。

ということは綾瀬《あやせ》さんもだいじょうぶということだろう。

ふと思い立って問いかける。

「亜季子さんのほうの里帰りはだいじょうぶなんですか？」

現代では『里帰り』という風習自体が廃れてきているような気もするとはいえ、新年くらいは離れて暮らしている子の顔を見たい、という家族の心情が無くなったわけでもない。

けれど、そんな俺の問いに亜季子さんは苦笑を浮かべる。

「うちの親戚は、みんな自由にしてるのよねぇ。とくに集まりみたいなものもないし」

それでも、来年のお盆あたりには会いに行こうかなと思っている、とのことだった。

新生活直後だったのもあって、今年はバタバタしていて会いに行こうという話にもならなかったらしい。

「まあ、僕も忙しさの峠を越えたからね。今年の年末年始は久しぶりにゆっくりできそうなんだ」

「わたしも29日から5日まで休みが取れたの」

亜季子さんの勤め先が渋谷《しぶや》のバーであることを考えると、年越しで呑《の》みに来店する人もいそうなのだが……。

という疑問が俺の顔に出ていたのだろう。

「いつも仕事を詰めこまれているから、今年の年末年始くらいは、ね」

「よかったです」

忙しいときの親父《おやじ》も残業時間が酷《ひど》いことになっていたけれど、亜季子《あきこ》さんも夜型の不規則な時間帯の勤務だ。

そして酒場は仕事の終わった後に寄る場所なのだから、土日が必ずしも休みになるとは限らない。

充分休んでほしい。しかしどうやら亜季子さんは仕事が休めれば家事を頑張ってしまう性分らしくて、「冬休みの間くらいは沙季《さき》を休ませてあげて、わたしが子どもたちの大好物を作ってあげちゃおうかな」などと言い出した。

「むしろ、綾瀬《あやせ》さんは、冬休みの間くらいお義母《かあ》さんに休んでほしいんじゃないかなって。料理は俺が手伝いますから」

「おかあさん……」

「えっ」

綾瀬さんのお母さん、というくらいの意味だったのだが。それでも、感激した顔をされてしまって俺は訂正もできず——する必要もなかったので——後に続く言葉は呑《の》みこんだ。

「僕も、悠太《ゆうた》の意見に賛成だよ。冬休みくらいは羽を伸ばしていいんじゃないかな。子どもたちもそこまで世話をする歳《とし》でもないだろう。それに、君は休みじゃなくとも隙あらば手料理を作ってくれているじゃないか」

「え、そ、そうかしら」

「そうだよ。先週作ってくれたグラタンは美味《おい》しかったなあ」

「また作りますね」

「ありがとう」

そう言って微笑《ほほえ》む親父と、微笑まれてはにかむ亜季子さん。

ごちそうさまです、と心の中で合掌した。

「あ、そうだ」

ふと先ほどの亜季子さんの言葉が頭の隅に引っかかって、俺は口を開いた。

「綾瀬さんの好きな食べ物って、なんですか？」

亜季子さんが俺のほうに顔を向ける。

「あの子の好物っていうこと？」

「ええ。先ほど言っていましたよね。大好物を作ろうかなって」

そうねえ、と亜季子さんはおとがいに指を添えて天井あたりを見つめる。

「子どもの頃に仕事が忙しくてあまり凝ったものを食べさせてあげられなかったからかしらね。すこし手間のかかるような料理が好きかも。ロールキャベツとかビーフシチューとか」

なるほど、煮込み料理か。

「ただ、ビーフシチューだけは家よりも、外で食べたがるかしら」

「えっ、そうなんですか?」

綾瀬《あやせ》さんにあまり外食のイメージがなかったので俺は驚いた。

「小さな頃に近所においしい洋食屋さんがあったの。そこで食べたビーフシチューをすごく気に入ってたてね」

「そうなんですか」

「家でも作ってあげようとしたんだけど」

なかなか味が再現できないのだという。スーパーで買えるお肉じゃ無理なのかしらねーと不思議そう。

「そういえば明日はふたりとも食べてから帰ってくるんだったわね」

「はい。ふたりで、というか、バイト先の人たちと」

明日の外食のことは親父《おやじ》にも亜季子《あきこ》さんにもあらかじめ伝えてあった。さすがに連絡もなくふたりとも遅くまで帰ってこなかったら心配するだろう。

ひとさじほどの嘘《うそ》で、ふたりきりではなくバイト先の人との親睦会ということにした。騙《だま》すようで心苦しいけど、もっと大きな秘密を抱えているのだから仕方ないと自分に言い聞かせた。こうして嘘は雪だるま式に大きくなっていくのかもしれない、と、童話の教訓めいたことを考えてしまったものだ。

「もしかして誕生日だから沙季《さき》の好きなものを？」

「や、まあ。誕生会ってわけじゃないんですけど。せっかくなら、と。そんな感じです。俺が好物を訊《き》いたってことは内緒でお願いします」

「いいお兄ちゃんね」

「あはは。ふつうですよ」

そう、これはふつうだ。兄が妹の誕生日に気を遣うなんて、実の兄妹《きょうだい》でもよくあることだ。ふたりで外食することだって珍しくもないだろう。

俺と綾瀬さんの関係は兄妹として言い訳できる範囲内で収まっているということだ。冷めきってしまった切り身をぼそぼそと食べてから、俺はいつもの土曜日と変わらず予備校へと向かった。


午前中の講義が終わると、五十分間の昼休憩が入る。

綾瀬さんへのプレゼントを買うなら、いまのうちにさっと行って帰ってくれば午後からの講座に間に合うはずだった。

そそくさと荷物をまとめ教室を出る。廊下を歩いて建物の出口へと向かう途中で見知った顔がこちらに向かって歩いてくることに気づいた。

「おや？　もうお帰りですか」

背の高い女子――藤波《ふじなみ》だ。

「いや、ちょっと用事があって出るだけだけど」

「そうでしたか。では」

短い挨拶を交わしてすれちがう。建物を出ると、冬の灰色の空が目に飛び込んできた。道を渡る風が電線を鳴らして甲高い音を立てる。

襟元を締めて俺は足を早めた。

目的地であるバスグッズの専門店は、渋谷《しぶや》駅近くにある複合商業施設の中に幾つか存在している。すべて回っている余裕はないが、予《あらかじ》めネットに掲載されている情報で店を絞っておいた。

しかし、店構えを見た途端に一瞬だけ足が止まる。

入りづらいな、これ。

休日だからだろうか、女性客が何人かいるのだけれど、男性はいない。お風呂用品に男女の差はないと思っていたけれど、そういうわけでもないらしい。

茶と白を基調としたその店は、さほど広くはなかったものの、ずらりと商品が並べられていた。

綾瀬《あやせ》さんが欲しがっていたのは「お風呂で使うちょっといい石鹸《せっけん》」だ。

思い切って店に入る。

周りの客は女性しかいなくて微妙に居心地が悪いが、プレゼントのためと自分に言い聞かせる。

石鹸はどれだろう？

見慣れたパッケージのものがひとつも見つからなくて焦る。

「どのようなものをお探しですか？」

声を掛けられて心臓が跳ねた。

振り返ればエプロンを着けた女性がにこやかな笑みを浮かべつつ小首を傾《かし》げている。

「あ、ええと……」

「お手伝いいたしましょうか？」

あくまでも助けが必要ならばというニュアンスを滲《にじ》ませ、相手に威圧を掛けるような様子を見せない。プロだ。自分も書店でバイトをしているからわかる。客によっては店員とのコミュニケーション自体が苦手な者もいるのだと。いや俺もそうだが。

「あの、石鹸のコーナーは……」

「こちらです」

「ありがとうございます」

軽く会釈をすると、店員はすすっと下がった。接客されるのが苦手、という空気を読み取ったのだろう。あえてオススメを伝えてきたりはしない。助かった。

石鹸《せっけん》、というとそっけない四角い箱に入ったお徳用石鹸を思い出してしまうが、目の前の棚に並べられているバスソープは俺が想像したものとは印象が違った。

俺が想像したのは乳白色の四角いものだったのだけれど、そこに置いてあるのは、色彩もカラフルで、透き通っていたり、マーブルだったり、まるで宝石かジェラートのよう。

中身が見えるようにという配慮だろう。個包装は透明なビニールパッケージになっていて、見本品は封が切ってあった。

試しにひとつ手に取って匂いを確かめる。カモミールと書かれたものは覚えのあるハーブティーの香りがしたし、ラベンダーは、当たり前だがラベンダーの香りがする。花以外にも、食品や草木の香りもあった。

ネックウォーマーと同程度の金額を考えるなら、2個か3個は買えそう。さて、どれを選ぶか……。

「綾瀬《あやせ》さんが好きそうなのは……」

正直、香り《フレグランス》については詳しくない。綾瀬さんの好みも。

けれど今の俺には、親友である丸《まる》のありがたい助言がある。

『好意をもっている相手には、気を遣っていることを相手から見えるようにするのも大事なことなんだぞ』

贈り物は相手の身になって考えることが重要ではある。だが、どこまでいっても所詮は他人。相手の考えを100%読み取ることなど不可能だろう。だからこそ、俺と綾瀬さんはプレゼントに欲しいものをあらかじめ教え合ったのだし。

しかし、欲しいものがネックウォーマーと石鹸とわかったからといっても、それは必要条件が判明したに過ぎない。充分条件ではない。

左手が無意識に自分の襟元をなぞる。

そこには一週間前に貰《もら》った綾瀬さんからの贈り物が巻かれていた。綾瀬さんだって、これを選ぶときに「ネックウォーマーなら何でも良し」とは思わなかったはずで、色合いや柄、手触りを確かめて決めたはずだ。

その間、ずっと俺のことを考えていたとどうしてわかるかというと……。

例えば色だ。

俺が普段着ている服の色合いに似ている。

というか、もっと言えば、一緒に俺の服を買いに行ったときに選んでくれた服と合いそう。柄がなくて無地なのも、あのときの綾瀬さんの言葉を思い出す。着回すには無地のほうがいいと言ってたっけ。

考えて選んだから、それが伝わるのだろう。

そう思うと今このときに綾瀬さんのことを考えながら選ぶべきだ。お洒落《しゃれ》な石鹸なら何でもよいとするのではなく。

綾瀬《あやせ》さんが普段着ている服や小物を思い出してみる。

それらに合わせて選ぶなら、華やかな色合いの品だろうか。

派手な薔薇《ばら》の模様の彫ってある石鹸《せっけん》に手が伸びそうになって、待てよともう一段深く考える。

お洒落《しゃれ》は武装というのが綾瀬さんのポリシーだ。

そんな彼女がボディソープを使うときはどういうときだ？　綾瀬さんは毎日最後に風呂に入る。次の日の予習を済ませ、緊張が解けて、あとは寝るだけのとき。

そんなときにまで派手さや格好良さがいるだろうか。

売り場を見ると花を象《かたど》ったような凝った意匠を彫り込んだ石鹸もあれば、シンプルな直方体に近いものもある……。

迷った末に、俺はカモミールとラベンダーとレモングラス（どれもリラックス効果のあるハーブとして知られている）の石鹸を3個と、脇に置いてあったバブルソープポーチというものを買った。ポーチは、石鹸を入れておく小袋なのかと思ったら、どうやら石鹸を泡立てるときに使うものらしい。説明書きにはとりあえずそう書いてある。

まとめてレジへと持っていき、誕生日のプレゼントなのでラッピングをお願いします、と店員さんに告げる。レジ係は初めに声をかけてきた女性だった。微笑《ほほえ》みながら、「はい」と短く応えてくれる。

手近にあったクリスマスカラーではない、贈答品の為《ため》の——だろう、たぶん——花柄の包装紙を引き出しから出してきて「これで？」と視線で尋ねてくる。

俺が頷《うなず》くと、店員さんは買った品から値札を丁寧に剥《は》がし、詰め合わせ用の箱に入れてからラッピングを始める。

最近、自分も書店員側でラッピングが大変だったのを思い出しつつ、そして今日の予備校後のバイトでもたぶん大変なんだろうなと思いながら、くるりくるりと包装紙を回しながら手際よく包んでいくさまを見届けた。きれいにラッピングしてくれてありがとうございますと心の中で感謝する。

会計を済ませて店を出た。

予備校が終わり、バイト先へと自転車を走らせる。

着替えて事務所へ顔を出すと、同じ時間にシフトを入れているバイト仲間たちがやけに多いと気づく。

今日はかなりの大所帯のよう。俺と綾瀬さん、読売《よみうり》先輩のほかに三人も動員されている。

どうやらクリスマスが近づくにつれて増していく忙しさを鑑みて、だいぶシフトのほうも補強されているようだ。

店内はやはり今日も混んでいた。

お互いに話す暇もなく、レジに売り場にと駆けまわる。

短い休憩時間。たまたま俺と読売《よみうり》先輩だけが事務所に残った瞬間があって。

「あの、先輩……ちょっといいですか」

「三分百円で手を打つよぅ」

「……今度、缶コーヒー奢《おご》ります」

「後輩君もわかってきたね～。で、沙季《さき》ちゃんがどうかした？」

微妙に心臓の拍が増した。なんでわかる？

「青少年の心の内側なんておねえさんにはお見通しなのだよ。で、ほら、言ったんさい。なにをどしたのかな？　ホテルの予約のしかたでも知りたいとか？　キミたちにはまだ早いと言われなかったかなぁ。でも、ちゃんとスルときにはちゃんとするんだよ？」

「発音《イントネーション》の変化だけで下ネタを言ってのけないでください」

相変わらず読売先輩の脳内オヤジは絶好調なようだった。もう昭和どころか平成でもないんだから、それって立派なセクハラになるんだが。

じゃなくて――ダメだ。この人相手に三分で話が完結するはずがなかった。

缶コーヒー二本で足りるかな……。

「ええと、だから。このあたりの店でビーフシチューのおいしい洋食屋に心当たりはないですか？」

「びーふしちゅー？　ほうほう。後輩君、ついに肉食系男子になったか」

「ちがいます」

俺がジト目で睨《にら》むと読売先輩はようやく、そだねー……、とつぶやいて考えこむ。

「洋食屋ねー。まあ、いろいろ知ってるよぅ。工藤《くどう》センセに連れてってもらった、たかーいお店から、お財布に優しいリーズナブルなところまで。んと、ビーフシチューが美味《おい》しい以外にも何か条件あるかな？」

「そう、ですね。ええと、俺は高校生なんでさすがにあんまり値段の張るところとか格式高すぎても困ってしまう……わけで」

「ほうほう」

「けど、ある程度、珍しさに驚いてくれるような店がいい、かな」

「わがままだなぁ。というか、それって驚かせたい誰かがいるってことだし、その人を連れて行きたいってばらしてるよぅ――」

にたりと読売先輩が黒い笑みを浮かべた。

沙季ちゃんの誕生日にごはんを食べに行く予定だなー？　確か、明日だよねー」

「ええ、まあ」

「いいなぁ、おいしいお店でデートかー、いいなー」

「家族サービスですってば。だからその、人生の先輩として後輩にご教示いただければ幸いです」

「低姿勢だねー。よしよし。ああ、だから明日は18時上がりのシフトなのかあ！　となると、予定としては、移動に15分ほどの近さの店を考えているね？　んで、18時30分から20時ぐらいまでお店で夕飯食べるつもり、と……」

なんで行動予定までぴたりと当てることができるのか、俺は、ときどきこの見た目だけは和風清楚《せいそ》系美人女子大生の脳をスキャンしてみたくなる。

「読売《よみうり》先輩、いつからホームズになったんですか」

「初歩的なことだよ、ワトソン君！　って、実はホームズはそんな台詞《せりふ》、正典内では言ってないんだけどねえ」

そうなのか。俺でも知ってるくらいには有名な台詞だと思ったのだけど。

「その人ならいかにも言いそう、という台詞は、時として実際に放った言葉よりも人々の印象に残るのだよ。ミームというのはそーしてできあがる」

「はあ、なるほど」

「閑話休題《それはさておき》。了解了解。あとで調べてLINEするよぅ。まっかせて！　きらっ！」

読売先輩は言いおき、ひらひらと手を振って背を向ける。しかし、口で擬音を足す人を初めて見た。

「ありがとうございます！」

俺の声を背中で聞いて足早に事務所を出て行った。

やけに急ぎ足だな、と思って、はっと気づいた。壁の時計を見る。

長針が三分きっかり動いて、休憩時間が終わっていた。

……なんか、やっぱり色んな意味ですごい先輩だ。

呆《ほう》けそうになって、慌てて自分の責務を思い出す。

売り場に出ると、先ほどよりもさらに客の数が増えていることに気がついて、俺は少々げんなりとなる。

このぶんだと、クリスマス当日のバイトは激しい戦いになりそうだった。

仰ぎ見る空は電源を落としたディスプレイのように真っ暗だ。クリスマスに沸き立つ繁華街の明かりがその黒い空へ向かって手を広げている。

バイト終わりのいつもの帰り道。自転車を押して俺は綾瀬《あやせ》さんの隣を歩く。

「着けてくれてるんだね」

俺の襟元を見て綾瀬さんが言った。街灯に照らされた顔に仄《ほの》かに嬉《うれ》しそうな表情が浮かんでいる。

「そりゃね。温かくて助かってる。ありがとう」

「うん。役に立ってよかった。ね、明日のお店ってもう決めた？」

短くした髪を揺らして綾瀬《あやせ》さんが訊《き》いてくる。

「ごめんまだ。でもちゃんと予約は取っておくから」

読売《よみうり》先輩だけではなく、丸《まる》にもそれとなく聞いているのだけれど、どちらからもまだ返信はない。帰ったら、またネットで調べてみようと思っている。

すこし心配なのはネットで見た限りでは既にかなりの店で予約が一杯になってしまっていることだった。とくに明日はクリスマスにもっとも近い日曜日だ。もし、どの店にも予約を入れられなかったらどうしよう……。

まあ、考えても仕方ないんだけどね。見つけるしかない。

「楽しみにしててよ」

引くに引けない台詞《せりふ》をつい言ってしまって、俺は内心で頭を抱える。けれど、放った言葉は引っ込められない。

「うん……？　うん、楽しみだね」

俺の言葉に綾瀬さんはなんとなく引っかかりを覚えたようだ。

楽しみだね、ではなくて、楽しみにしてて、と俺が言ってしまったからだろう。あぶない。頭の回転の速い綾瀬さんだけに、わずかな台詞から俺が何かを用意していると感じ取ってしまう。

誤魔化《ごまか》すのが苦手だという自覚のある俺にできることは、おとなしく沈黙を守ることだけだった。

マンションに帰りついた。

綾瀬さんと共に夕食を済ませる。

「じゃあ、また明日」

「ん。おやすみ」

綾瀬さんが自室に籠るのを見送ってから自分の部屋に戻る。

風呂に入る前にネットを漁《あさ》ろうとしたタイミングで携帯の通知音が鳴った。

読売先輩の名がプレビューにちらりと見えた。

慌ててＬＩＮＥを立ち上げる。

お勧めらしき洋食屋の名前とＵＲＬがずらりと並んでいた。

感謝の返事をする。

ふたたびの通知音とともに追伸が来た。

【上のほうにあるのが、工藤《くどう》先生のオススメだけど、たぶんもう予約でいっぱいだと思う（美味《おい》しさは折り紙つきだけどね！）。なので、今からでも空いてそうな穴場の店を下のほうに追加しといたよー。頑張っておいで】

最後まで読んで、苦笑する。頑張れって、何をだ。

もういちど感謝の返信をしておいてから、俺は、送られてきたURLを片っ端から開き始めることとなった。

確かに読売《よみうり》先輩が追伸で言っていたように、上のほうに並んでいる店は既にどこも予約でいっぱいになっていた。それに大学准教授のお勧めだからか、高校生にはちょっと高い。既に深夜手前だから営業時間を終えている店もあったけれど、幸い、ネット予約ができる店がほとんどだった。もしかしたらそういう店を選んでくれたのかもしれない。

綾瀬《あやせ》さんが好きなビーフシチューがあって、なおかつ高校生でもギリギリ高すぎないくらいの価格帯の店を選び、空き状況を調べる。

繁華街の中心からも駅からも近い商業施設の、上の階にある洋食屋をひとつ見つけた。空き状況が△印になっているから、まだぎりぎり取れそう。

慌てて自分の名義で2名分の登録を済ませる。レストランに予約を入れるなんて生まれて初めてで緊張した。

ほっと息を吐くと、読売先輩がまだ何かメッセージを送ってきている。

【ねえねえ。最近ホットな新作映画ってある？　観《み》に行きたいと思ってるやつ】

映画？

突然だな、と思いつつ、俺はブックマークしてある映画関連のサイトに画面を遷移させて眺める。

これから公開される新作一覧をスクロールさせて探した。

「あ。そうか、これ、今週末からだったっけ」

すっかり忘れていたが、有名なアニメ映画監督による三年ぶりの新作が昨日から公開されていた。

新鮮な気持ちで観たいからと事前情報をカットしていたせいもあって、タイトル以外には何もわかっていないけれど、前作も前々作も前々々作も面白かったから、きっと今回も面白いに違いない。俺はこの監督の日常の何気ない描写が好きだった。

公開されるごとに話題になる監督の作品だ。まだ二日目だけれど、今頃はSNSに山ほどの感想と評論が溢《あふ》れていることだろう。

ネタバレされたくないから見ないけど。

タイトルと作品のホームページを添えてから【これですかねー】と返事をした。

【おお。なぁるほど、そっかこれかー】

読売先輩も映画自体は知っていたようだった。

それにしてもなんでいきなり映画なんて聞いてきたのだろう。もしかして、また一緒に行こうとか？

しかし、綾瀬さんへの気持ちを自覚した今は、たとえ職場の先輩であっても女性とふたりきりで映画に行くのは躊躇《ためら》われる。

【それにしても、唐突に聞いてきますねー】

軽い調子でそんな風に尋ねてみると、読売《よみうり》先輩からまるで用意していたかのような素早さで返信が来た。

【わたしが先に見てネタバレしてあげようかと！】

安定の読売先輩だった。

【絶対やめてください】

三年待ったのだ。さすがに冗談だとは思うが、冗談でもネタバレを喰《く》らいたくはない。

たぶん、純粋に映画を観《み》たかっただけなのだろう。

自意識過剰だったかとすこし恥ずかしくなる。

俺はお店の情報提供への感謝を繰り返してからおやすみなさいと送った。

明日はもう、綾瀬《あやせ》さんの誕生日だ。

無事に予約は受け付けた旨のメールが来ていることを確認してから俺は眠りに就いた。

●12月19日（土曜日）　綾瀬沙季《さき》

休日の表参道《おもてさんどう》が混み合うことくらい予想しておくべきだった。

歩道には人が溢《あふ》れ、先が見えない。車道も、流れる車はのろのろとしか進めていない。

しかも、今はちょうど昼時で、食事を求める人々が通りをさまよっている。

携帯に視線を落とし、地図アプリを確かめる。

予備校の目の前にあるなんとかというカフェだという話だけど。

——あれ？　この予備校って……。

名前に覚えがあるような。

「沙季ーっ！　こっちこっち！」

自分を呼ぶ声に顔をあげる。

通りの先、人混みのなかで手をひらひらさせてぴょんぴょん跳ねている少女の姿を見なかったことにしたい。

頑張って急ぎ足で駆けよる。

「真綾《まあや》。恥ずかしいでしょ！」

「なにが？」

真顔で返されて、自分の感性を一瞬疑ってしまった。えっ、これ、私がおかしいの？

「はあ。まあ、いいけど」

言いながら、私は真綾《まあや》の並んでいる列に加わる。

テラス席のあるカフェだ。店の外には四人掛けのテーブルが三つ。今の時期はちょっと寒いと思うのだけれど、もういっぱいに埋まっていた。

フランス語？　イタリア語？　読めない店名の書かれた看板の脇に私たちは並ばされている。風が冷たいから早く店に入りたい。そう思っていたら、さほど時間を置かずに店員が出てきて、並んでいる客たちに予約の有無を確かめてまわる。

私たちの前まで来た。

「奈良坂《ならさか》です。2名で」

「はい。12時半に予約の奈良坂様ですね」

そこで列から外されて店内に案内された。

コンセプトが「都会のオアシス」というだけあって、鮮やかな緑色をした観葉植物がそこここに並べてある。店の奥には小さな泉までしつらえてあった。ちろちろと水の流れる音もしている。

通りを見渡せる窓際に「予約席」の三角の札が置いてあった。ふたり掛けの木目のきれいなテーブル席。

座ると、窓の向こう、道の反対側に地図アプリで見た予備校の看板が見える。

ああ、と気づいて思わず納得した。

覚えがあるのも当然で、あの予備校は浅村《あさむら》くんが通っているところじゃないか。

つい、携帯の時間を確認してしまう。12：32。この時間だと、たぶんちょうど午前中の講義が終わったあたり。

「なになに？　なんか見える～？」

声に慌てて窓から目を引き剥《は》がした。真綾に顔を向ける。

「なにも」

「ふ～ん？」

「あ、ほら、メニュー」

テーブルの上に置いてあったふたつ折りのメニューを渡そうとしたのだけれど、真綾はそれを手のひらで押しとどめた。

「だいじょうぶ。今日はおごりだからね。もう予約済～」

「そうなんだ」

「パンケーキ、楽しみだねぇ。……で、何が見えたの？」

「……だから、なんでもな――」

「あ、浅村くんだ！」

慌てて窓のほうへと顔を向けてしまう。はっ。まさかこれって引っ掛け？　と気づいたときにはでも実際に浅村《あさむら》くんの姿を見つけていた。

予備校の建物の出口から出てきた浅村くんは駆け足気味でどこかへと走っていく。

休憩時間のはずだから、外で食事、とかだろうか。

人混みに紛れてあっという間に見えなくなる。

「あそこ、予備校？　あんなとこに通ってたんだあ」

「夏からずっと同じとこだよ」

「へーほーふーん。兄の予定をしっかり把握してるんですなー。そういえば浅村くんって、テストの成績上がってきてるって？」

どこから仕入れた情報なのか。でも事実だから私は頷《うなず》いた。これくらいは兄妹《きょうだい》なのだから知っていても当然だと思う。

「予備校通いの成果かー。しかし、よっぽど急いでたんだね。あんなに手を振ったのに気づいてくれなかったもんね～」

「手を……振って？」

えっ、窓越しに振ってたの？　恥ずかしくない？　慌てて周りを見回したけれど、幸いというか、みんな食事に夢中で誰も私たちのほうなど見ていなかった。

「ぜんぜん気づいてくれなかったよ～」

「そりゃあ、そうでしょう」

表参道《おもてさんどう》の道路は、片道2車線に駐車スペースまである大きな通りだ。しかも中央分離帯もある上に、街路樹が並木となって視界を遮っている。

通りの向こう側から、店の中にいる客が手を振っていたとして、自分に向かって振られているとはさすがに思わないだろう。

私としてはそれは幸いだ。見つかりたくないなぁと思う。まるで会いたくなって来てしまったように誤解されそうだから。

「でも、沙季《さき》だってすぐに気づいたじゃん」

「うっ。そ、それはまあ……兄妹だし」

「にまにま」

「はあ。だから、そういうんじゃなくて――」

どうにも会話のペースを持っていかれがちだ。いつものことだけど。

「お待たせ致しました」

店員の声に顔をあげる。

運ばれてきたものを見て私は思わず声をあげた。

誕生日のお祝いに有名なパンケーキの店に行こうよ、と真綾《まあや》から誘われたのは金曜日、つまり昨日のことだった。日曜日を打診されて土曜日に変更してもらったのだから、予約を入れたのだってつい昨日のはずだ。だからただ一緒にご飯を食べよう、くらいの意識でいたのだ、私のほうは。

「誕生日おめでとう、沙季《さき》！」

テーブルの上に置かれたのはただのパンケーキじゃなかった。

ケーキの上にチョコで「Happy Birthday」の文字。しかも、かわいい蝋燭《ろうそく》が立っている。

店員さんがエプロンから取り出した着火器具で火を点《つ》けてくれる。さらにバースディの歌を口ずさみ始め、真綾《まあや》がそれに合わせて歌い始めた。けっこう大きめの声を出すものだから周りの客たちがこっちを見ている。

「ほらほら。火を消して！」

促されて慌てて火を吹き消す。

大きな拍手が響いた。

み、見られてる……。

周りの客たちまでが笑顔で私たちに向かって手を叩《たた》いていた。嬉《うれ》しいけど、これはけっこう恥ずかしい。照れる。誕生日をこんなふうに祝われたのは初めてだった。

「これがサプライズだよ！　どやぁ」

胸を張って腰に手を当てたポーズを取っていた。渾身《こんしん》のどやぁだった。

「最後のドヤが余計だと思うけど」

「つまり、アリよりのアリってことだね！」

HappyBirthda

「なんでよ」

「ふふ。でも、嬉《うれ》しいでしょ」

「ま、まあ。その……悪い気はしないかな」

「で、こっちが誕プレね」

「え、いや、おごってくれるだけでよかったのに」

「たいしたもんじゃないってば。ほらほら、開けてみて」

手のひらに乗るサイズのものだったから油断した。包み紙を解いて開けてみたら中から出てきたのは——リップだ。

「それなら、いくつあってもいいっしょ！」

「そう……だね」

手に取って眺めて、真綾《まあや》のセンスに舌を巻いてしまう。

まず、スティックのデザインが可愛《かわい》い。派手な柄で飾ってあるわけじゃなくて、すっきりとした円筒形に近いのだけれど、ちょっとだけ付いているくびれの部分だとか、カバーと持ち手の色の組み合わせとかが、私の好みに合っていて、いいなって思ってしまう。

きゅっと回して紅《べに》の色を見る。派手過ぎず高校生が普段使いしても問題なさそう。

「保湿成分入りのやつにしたの～。乾燥する季節だし」

「……ありがとう」

考え抜いてプレゼントを選んでくれたことがわかる。

母親とのふたり暮らしをとくに苦しいと思ったことはなかった。とはいえどうしても生活優先になってしまうもので、母からの誕生日プレゼントも実用性に偏ったものをリクエストしがちで。

そして、ここまで友人に誕生日を祝ってもらったのは初かも。そもそも祝ってくれる友人なんていなかったわけだけど。真綾とこんなに親しくなったの、最近だし。浅村《あさむら》くんを見たいと言って、家に押しかけてきた頃からだろうか。

プレゼントをくれるなんて予想もしてなかったというのも大きいかな。

「で、どう、サプライズを受けた感想は～」

「ん。悔しい」

「なにそれ！」

「ふふ」

ありがとう。

でも――。

こんなに大事なことなら先に教えてほしかった、ほんと。

浅村くんの誕生日にしてあげられなかったのが悔やまれる。サプライズがこれだけ嬉しいものだと知ってたら、何か考えたのに。

パンケーキはとっても美味《おい》しかった。


その日のバイト終わり。

マンションへの帰り道を浅村《あさむら》くんと歩いていた。

繁華街を抜けると、通りを照らす明かりの数も減って、見上げる夜の空にほんの少しだけ星の光が戻ってくる。振り仰ぐ黒いキャンバスには等間隔にベルトの穴のように並ぶ三つの明るい星が見えていた。あれ、何の星座だろう。浅村くんに聞けばわかるかな。

ちらり、と隣を歩く彼の襟元を盗み見る。

「着けてくれてるんだね」

「そりゃね。温かくて助かってる。ありがとう」

自分の買ったネックウォーマーを身に着けてくれていることがこんなに嬉《うれ》しい。

そして明日は自分の誕生日だ。お義父《とう》さんとお母さんの許可も取って、ふたりきりで食事の約束をしている。好きな人と過ごす誕生日なんて初めてで、ほんのりと胸が高鳴ってしまう。

さりげなく尋ねてみたけれど、どうやらまだどの店に行くかは決まっていないらしい。

楽しみにしててよ。

そう言われて、私は一瞬、違和感を覚えた。

「うん……？」

声にも出てしまい、慌てて「うん。楽しみだね」と気づかなかったふりをして付け足す。

楽しみに――してて？

変な言い回しだ。

お店が決まってるなら、良い店だから楽しみにしてて、というニュアンスとして受け取れるけれど……。

でも、浅村くんは、まだ店が決まっていないと言った。どこに行くか決まっていない状態で「楽しみにしてて」とは一体……？

つまりそれって、何かを企《たくら》んでいるということになるんじゃ……。

あれこれ考えだして、私は自然と無口になっていた。浅村くんも会話をそこで打ち切ってしまったから、家に着くまで考える時間は充分にあった。

これって、もしかして……。

浅村くんが何かサプライズを用意してたりするってことだろうか。

でも、もしそうだとしたら探りを入れても誰も幸せにならないよね。嬉しいびっくり《サプライズ》は素敵なんだって、私は今日学んだばかりだ。

だから、内容がわからないままで楽しみにしていたい。

自宅のマンションに辿《たど》りついてから、いつもどおりに浅村《あさむら》くんと夕食を済ませ、お休みの挨拶をしてから自分の部屋に戻った。

明日の予習を済ませて風呂に浸《つ》かってベッドに入る。

目覚ましをセットしつつ、今日の出来事を思い返していた。

次の真綾《まあや》の誕生日には私も何かサプライズをしてあげたいな、とか。明日の食事のとき、浅村くんは何かしてくれるのかな、とか。

それにしても――。

浅村くんがつい漏らしてしまった違和感のあった言葉はたったひとことだ。

楽しみだね、じゃなくて、楽しみにしてて。そのわずかな差分だけで、私は、彼がひょっとしたら私を驚かせようと企《たくら》んでいると想像を巡らせてしまったわけで。

ベッドに潜り込みながら私は思ったのだ。

つまり私は、浅村悠太《ゆうた》という人物の発する言葉に対する読解力が高まってしまっているのでは？

現代文の苦手な私だから、浅村悠太という本を正確に読み取れたのかどうか自信はないのだけれど。

明日の夜の答え合わせがちょっと楽しみになってきた。

父が家に戻らず、母が勤めに出ていた頃は、サンタのプレゼントさえ期待しない子どもだったのに。

こんなに誕生日をわくわくして迎えるなんて。

体温で温められた布団のぬくもりが私の意識を刈り取って眠りの淵《ふち》へと落としていく。

目が覚めれば綾瀬沙季《あやせさき》の十七歳の誕生日だ。

——おやすみなさい。

●12月20日（日曜日）　浅村悠太《あさむらゆうた》

一日中、俺は落ち着かなかった。

朝起きたときから、すこしそわそわした気持ちのまま。午後になってバイト先の書店で働いても気もそぞろ。

そうして、あっという間に時は過ぎていく。

今日のあがりは18時だ。もうあと三十分ほどになっている。

クリスマスを間近に控え、渋谷《しぶや》の人出はいよいよもって増えつつあり、バイトを早くあがることに心苦しさを感じもする。

ただでさえ12月後半の書店は常にはない労苦がある。

年末年始は流通が止まるから、いつもなら月末に刊行される新刊も、スケジュールが前倒しされ、とっくに発売されてしまっている。

つまりいつもよりも一気に新刊が出た。

そう、これがいわゆる『年末進行』というやつだ。この、作家も編集も泣いて謝る地獄のスケジュール（らしい）の成果によって書店も前倒しで苦労を強いられる。

一週間に十冊の新刊が出るところを二十冊出たら、新刊を置く平台だって場所がなくなって置き方に工夫が必要になるし、ポップを書く量だって一時的に倍になるわけで。

そして、そんなことを知らないお客様は、いつもどおりに買いに来て戸惑い、対応に店員は追われる……。

誰かが浮かれているときにも、誰かは汗水を垂らして働いており、そうして並《な》べて事もなく世界は動いているわけで。

感謝しかない。

俺も誰かの浮かれているときの助けができていればいいのだけど。

そういえば、今日は確か俺と綾瀬《あやせ》さんと入れ替わりで読売《よみうり》先輩が入るはず。

俺は退勤前に棚の整理を始めた。せめて少しでも次のバイト仲間のために雑事を減らしておきたい。

退勤時刻になって事務所に戻った。

「あれ？」

扉を開けて驚く。

読売先輩がいた。

18時出勤のバイトの何人かはもう売場に出ているから、こんなにぎりぎりまで事務所にいるとは思わなかった。

「先輩にしては珍しいですね」

「もしかして、サボりですか、ってツッコミしてるぅ？」

「いえいえそんな」

「早くここから出てけって？　ひどーい。えーん、えんえん、ぴえんえん♪」

「ぜったい、泣いてませんよね？」

「うふ」

つっこんでも、つっこまなくても、どっちにしろいじられるのか。

「はあ」

ため息をついたら、こすれるような扉の開く音とともに綾瀬《あやせ》さんが入ってきた。

「あれ？　読売《よみうり》先輩。まだここに居て大丈夫なんですか？」

「ひどーい、さぼってないよう」

「あ、遅刻でしたか」

「それもちがう。沙季《さき》ちゃんを待ってたんだってば！　ほい、こっちこっち。先週渡せなかったプレゼントを渡したかったんだよぅ」

言いながら女子のロッカールームのほうへと綾瀬さんの手を引く。

「えっ？　えっ？　えっ？」

「いいからいいから。おじさんにすべて任せておきたまへ」

遂《つい》に自らおじさんと認めたか。じゃなくて。

デスクの端で店長が一部始終を見ているというのに、そしてもうバイトの開始時刻だというのに、ああも堂々と連れて行ってしまうとは。

「あの勤務態度でいいんですか」

「まあ、読売くんが居ないと、この店は回らないからね」

店長が苦笑を浮かべつつ言った。

「ですか」

「うちの店のチームワークを形成するためと思えば許容範囲かな」

そこまで言わせるとは。恐るべし読売先輩。

その先輩は、プレゼントを渡したいだけ、という言葉に嘘偽《うそ》りはなかったようで、すぐにロッカールームから戻ってきた。そのまま俺に向かってひらひらと手を振ってから売り場へと出ていく。にまにまとしていたのがちょっと気になった。

しばらくして着替えを終えた綾瀬さんも戻ってきて、俺たちは退勤して店を出た。

18時を少し回ったけれど、予約したのは18時30分だから充分に間に合う。

俺と綾瀬さんは、レストランの入っている建物に向かって歩いた。

歩いている途中で、読売先輩からのプレゼントの話題を振ってみたけれど、綾瀬さんは何を貰《もら》ったのか曖昧に濁して教えてくれなかった。あまり教えたくないような贈り物だったのだろうか。いやでも、さすがの読売先輩でも、バイトの後輩女子にそこまで妙な贈り物をするとは思えないが……。

「ここ？」

「ん？」

いつの間にか目的地まで辿《たど》りついていた。建物の壁に貼り付けてある飲食店の看板を眺めて綾瀬《あやせ》さんが心配そうに言う。

「なんか高そうな店が多いけど、だいじょうぶ？」

「ファミリー層をターゲットにした店らしくて、意外とリーズナブルなんだよ」

エレベーターに乗って目的の階まで昇る。

上層のフードフロアには和洋中様々な店舗が立ち並んでいた。

店の名前をフロアマップから探すと、すぐ目の前に木目調の仕切り板で囲まれたレストランを見つけた。

「ああ、ここだ」

明るい照明に、落ち着いた雰囲気。

店舗の大きさは充分にあり、テーブルとテーブルの間も適度に空いていて、窮屈な印象はなかった。

騒がしいファストフードの店に慣れている俺たちには見慣れない世界。

ただ、客層は先ほどの俺の言葉どおり、若いカップルや子ども連れが多かった。ファミレスよりは立派だけど、ホテルのレストランよりは気軽といった雰囲気だ。

「こんなお店、初めてきた。ふだんなら絶対に選ばない……」

「まあ、せっかくの誕生日だし。たまにはいいと思うよ」

近づいてきた店員に名前を告げると、そのまま席へと案内された。

四人掛けの席に向かい合うように座る。

「でも、どうしてここ？　有名なお店なの？」

「あー……。えっと」

サプライズを披露するときって、どうしてこうドキドキしてしまうのだろうか。秘密を守るためにポーカーフェイスを貫くほうがよっぽど楽だと思う。

「ここ、ビーフシチューがおいしいお店なんだってさ」

それまでバイトの疲れからか少し眠たそうな目をしていたのに。告げた瞬間に、綾瀬さんの瞳が見たことがないくらいに丸くなった。

「え……」

「その……好きだって聞いたから」

まさか、食べ物の好みが変わったとか言わないよね。といらない心配をしてしまうくらいの時間、綾瀬さんはぽかんとしていた。

「知ってたの？」

「ごめん、こっそり亜季子《あきこ》さんに聞いちゃった」

渡すプレゼントの内容も知られてる状態でのできうる限りの、それでいてきっと迷惑にはならない程度のサプライズをしたかったのだ。

そう告げると、綾瀬《あやせ》さんはまたぽかんとしばらく口を開けていたのだけれど、そこからはっと表情を変えた。すこし不満げな顔を作る。

「ずるい」

「はい？」

「私はしてあげられなかったのに、浅村《あさむら》くんだけこれをやるのはずるい」

「あ、うん。なる……ほど？」

「私も浅村くんをびっくりさせてあげたかったのに」

「あー……」

それもそうか。ギブ＆テイクのギブは多めに、を信条にする綾瀬さんだ。

自分ばかり嬉《うれ》しい驚きを得るのは、確かに彼女にとっては不満の残ることなのだろう。

でもそれを「ずるい」とすねるような口調で口を尖《とが》らせて言われたのは初めてな気がする。自分の内面を素直に明かしてくるなんて、以前までの綾瀬さんでは考えられないよな。

それだけ気を許してくれているということだろうか。そう思うと、このすねたような表情は俺にだけ向けてくれるもので、かわいいな、と思ってしまう。

店員が「予約席」の札を持ち去って、代わりにメニューを置いていった。

メニューを見ているうちに、テーブルの上にフォークやらナイフやらナプキンやらが並べられる。

「ほんと。美味《おい》しそう。……私、これにしていい？」

当店オススメと書かれたビーフシチューを指さしながら言った。

「もちろん」

ふたり揃《そろ》ってビーフシチューのセットを注文する。

ほどなくして料理が運ばれてきた。

「熱くなっておりますので、ご注意ください」

店員の言葉通り、シチューの入った鉄の皿はまだ湯気を立てている。立ち昇る濃いデミグラスソースのかすかに酸味のある香りが鼻腔《びこう》をくすぐった。

深い茶色のソースの海から、ごろりとした赤身の肉の塊がふたつ覗《のぞ》いている。ビーフシチューのメインである牛肉だった。

オレンジ色のニンジンは細いスティック状に切られて二切れ。その隣に鮮やかな緑色のブロッコリーが浸っている。スライスされたマッシュルームが茶色いシチューの中央に白い断面を見せて浮かせてあって、赤・緑・白とバランスよく配置されたその色合いだけでもう美味しそうだ。

煮込まれた肉はフォークを突き立てて、すこしひねりを加えただけでほろりと崩れる。塊を半分ほどの大きさにしてから口へと運んだ——瞬間、舌が燃える感覚に襲われた。

「うわちちち！」

「だ、だいじょうぶ？」

さすがに塊が大きすぎた。

あわててミネラルウォーターをごくごくと飲む。ひと息でグラスの半分ほども飲み切ってしまった。音もなく寄ってきた店員さんがすかさず水を注《つ》ぎ足してくれる。

「ありがとうございます」

さすがは飲食接客のプロだった。俺の失敗などまるで見ていなかったかのように表情ひとつ変えずに水を注ぐと音も立てずに去っていった。

俺はいっぱいになったグラスからもう少しだけミネラルウォーターを飲む。

「まだ熱かった……」

「うん。気をつける」

綾瀬《あやせ》さんはナイフとフォークできれいに牛肉をばらした。

小さな塊にして口へと運ぶと嬉《うれ》しそうに表情を弛《ゆる》ませた。

「おいしい！」

小さいころ、お店で食べたビーフシチューに近い味がする、と喜ぶ。

「家のとどこが違うんだろう」

「綾瀬《あやせ》さんでもわからないんだ？」

「うん……。煮込み系の料理って素材の味がスープに溶けちゃうでしょ？」

「あー、たしかに」

具材の味がぜんぶスープに移ってしまうことがあるのは、最近料理を手伝っている俺でも体感していることだった。

「でもこのビーフシチューは、お肉本来の旨味《うまみ》がぎゅっと濃縮されてる気がする」

そんな会話をしつつ、俺たちはビーシチューを食べた。

ひととおり空腹も収まったあたりで鞄《かばん》から取り出したプレゼントを渡す。中身はリクエスト通りの「ちょっといい石鹸《せっけん》」だ。

綾瀬さんはその場で包みを開ける。

「あ……、バブルソープポーチ」

「それはおまけ」

「ありがとう。すごく嬉《うれ》しい」

にっこりと笑顔になった。

「石鹸のほうもお洒落《しゃれ》で綺麗《きれい》。ちょっと使うのもったいないかも。どんなの選ぶのかなって想像してたけど、こういうのを選んでくるなんて思わなかった」

その綾瀬さんの言葉を聞いて、わざわざ癒《いや》し系《けい》の香りの石鹸を選んだことまで伝わってしまったのかなって思った。だとしたら丸《まる》の言っていた『気を遣っていることを相手から見えるようにする』のに成功したってことだから思惑通りなんだけど。

わかられてしまうと、それはそれで照れくさいものだ。

「あの、さ……。ええとすっごく嬉しかったから、その、お返しで」

綾瀬さんが、いつの間にか膝に置いていた小さなバッグを持ちあげた。留め金を外して封筒みたいなものを取り出す。

「このあと、映画、観《み》に行かない？」

封筒から引き出した紙をひっくり返し、俺に表面を見せた。

映画のチケットだった。上映開始が20時50分。渋谷《しぶや》駅前の映画館のチケットだ。しかも映画のタイトルに俺は覚えがある。

それもそのはず。それは俺の好きな監督が三年ぶりに公開する新作アニメのタイトルだったのだ。

そこで俺はようやく気づいた。もちろんこれが偶然であるはずがない。

「もしかして……」

「これ、読売《よみうり》さんからの私への誕生日プレゼント。さっき貰《もら》ったやつで。『好きに使っていいよ～、二枚あるから、浅村《あさむら》くんといっしょに行けるでしょ』って」

やはり読売《よみうり》先輩、恐るべき策士である。

食事を終えてから映画館へと移動した。

チケットが当日限り有効とあっては無駄にするのも読売先輩の好意を無下にすることになって悪い。

というのは言い訳で、本音を言えば素直に観《み》たかった。三年待った新作なのだし。

上映時間もぎりぎりセーフな時間だった。

東京都においては、未成年が夜の23時以降に商業施設を利用することを禁じる条例がある。この商業施設ってやつには映画館も含まれるわけで、終了時刻が23時を越えてしまうならば入れない。

この映画、幸いなことに上映時間は20時50分から22時50分まで。

本編はおそらくは１００分を少し越えたところで収まっている。

バイトをあがる時間から計算して、チケットを手配したのだとしたら、読売先輩のスケジューリング能力には舌を巻いてしまう。

「でも、終わったらすぐに出なくちゃいけないね」

綾瀬《あやせ》さんが言って、俺も頷《うなず》いた。

帰宅が遅くなるから家には電話を入れてある。

それで、終わってすぐに帰ることを条件にして許可が下りたのだった。万が一にでも遅れそうならタクシーを使っていいよと言われたけれど、そこまで遅くはならないはずだ。

「これ、どんな映画なの？」

映画館前のディスプレイを眺めながら綾瀬さんが尋ねてくる。

デジタルポスターには、高校生らしき男女が描かれている。しかし、内容はそこからでは読み取れない。

「ホラーか、ファンタジー？　それとも、ＳＦかな」

「うーん。実はよく知らない」

俺の答えに綾瀬さんが意外そうな表情を浮かべる。

「知らないんだ」

「あまり情報を入れないようにしてるんだ。余計な知識なしに観たくってさ」

「へえ……ほんとに楽しみにしてるんだね」

「まあ。そう、かな」

改まって自分が如何《いか》に楽しみにしているかを自覚させられると少し気恥ずかしい。

食事を終えたばかりということもあって、俺も綾瀬さんもチケットを見せてすぐに中に入った。案内に従って3番のスクリーンまで移動。

座席は真ん中のやや後ろ。見上げる状態にもならないから首も痛くならない良い席だ。

それでいて家のテレビで観《み》るよりも断然迫力がある。まあ、家に100インチのスクリーンでもあれば別なのだろうけど。

でも、映画館にはひとりで観るのとはちがう趣がある。同時に見ている観客同士で経験を共有しているという感覚が。

席に座ってひと息ついたところで予告編が流れ、照明が絞られてやがて消え、ほどなくして映画本編が始まった。

映されたのは、どこにでもありそうな高校。

校舎の窓越しに教室内が映り、隅に座る人影にカメラが寄る。黒髪の女子生徒。ポスターに描かれていた少女の顔だ。髪の色こそちがうけれど、綾瀬《あやせ》さんに似てるなと思った。

映画の序盤は内気そうなその少女の高校生活を淡々と描いてゆく。

夏休みを翌日に控えたある日。教室内で盗難事件が起きる。

犯人として少女が疑われる。仲が良いと信じていた友人にも自身の潔白を信じてもらえず、絶望して街を彷徨《さまよ》っていると、突っ込んできたトラックに撥《は》ねられて死んでしまう。

異世界転生ものか。と思ったら、少女は記憶を持ったまま過去にタイムリープしていた。

繰り返しの時間の中。仲良くする友人を替え、前の事件は回避することができても、ふたたび友人だと思っていた別の人物から裏切られ、また絶望することになり……。

少女の心は徐々に閉ざされていく。

しかし、あるとき、クラスに転校生がやってくる。

ポスターに描かれていたもうひとり――明るい髪をした少年だ。

いままで辛《つら》い目に遭い続けて人間不信になっていた少女は、初めこそ、くったくなく声をかけてくる転校生の少年に対して警戒しまくっていたが、徐々に少年の温かさに触れて荒《すさ》んだ心を癒していく。

そして、ふたたび運命の日が巡ってくる。

夏休み前日。彼女は今度はよりにもよって殺人の嫌疑を掛けられてしまう。果たして真犯人は誰なのか。どうして彼女は何度もタイムリープするのか。

少年の正体は未来人だと判明する。

『これはいわば、君を中心とした局所的な時間振動ともいうべき現象で、放っておくと大きな傷となってそこから宇宙が壊れる可能性すらあった』

少年はその時空間の傷を癒す為《ため》に一万年後の世界から送り込まれたのだった。

『だから私に近づいたの？』

少女の問いに少年は首を横に振って否定する。一万年も未来からでは、何が原因になっているかまではわからない。

『じゃあ、なぜ？』

『誰ひとり信じられなくなっていたからこそ、この時代の常識に疎くて気味悪がられる僕に対しても君は特別扱いをしなかった。偏見なくすり合わせることができた。それに……君の作る味噌汁《みそしる》は美味《おい》しかったんだ。あれは一万年後にはもうないからね』

どうやら未来の地球には味噌汁は生き残らなかったらしい。

そこでくすりと笑ってしまい、同時にスクリーンの向こうの少女も微笑《ほほえ》む。

次の瞬間、少女は少年に抱きしめられていた。

優しい声で『君をここから救い出すから』と少年が囁《ささや》いた。抱きしめ返した少女が嗚咽《おえつ》を漏らして泣いていた。

ふと、綾瀬《あやせ》さんが視界に入りこんでくる。前のめりになって画面に釘付《くぎづ》けになっていた。

彼女の頰《ほお》にひと筋だけ涙が零《こぼ》れて落ちる。

俺は慌ててスクリーンに向き直った。

見てはいけないものを見てしまったような気分だ。

同時に、俺の心にひとつの感情が湧きあがる。

この人を大事にしたい。

そんな気持ちだった。

映画のなかではクライマックスを迎えてテーマソングが鳴り響いている。

１０３分の映画が終わり。

俺にとっては忘れることのできない、綾瀬さんの十七回目の誕生日となった。

●12月20日（日曜日）　綾瀬沙季《さき》

狭いロッカールームまで、読売栞《よみうりしおり》さんに連れ込まれた。

そろそろバイトの入りの時刻なのだけれど、大丈夫なんだろうか。

先輩は自分のロッカーの鍵を開けると、そこからバッグを取り出して、私に白い封筒をひとつ差し出してきた。

「はい、これ」

「へ？」

おそるおそる受け取る。なんだろう？

「誕生日プレゼントだよぅ」

薄い封筒に入るプレゼント？

商品券とか、割引券とか……そんなものだろうか。

開けてみろとボディランゲージで言われたので、私は封筒を探って中にあった紙切れを引き出す。

それは映画のチケットだった。

知らないタイトルだ。

上映開始は……20時50分。かなり遅い。日付を見て驚いた。

「えっ、今日ですか、これ」

「ん。そう。これで後輩君と映画に行ってきたまえ」

「浅村《あさむら》、くんと？」

確かにチケットは二枚あった。

でも、いきなりそんなことを言われても……。

「ふたりでごはん食べた後ならこれくらいの時間でしょ」

「……ええ、まあ。そうですね」

今日が私の誕生日で、夕食を一緒に食べる予定になっていることは読売《よみうり》さんには聞きだされてしまっていた。

浅村くんから予定をおおまかにしか聞いていないが、18時にバイトをあがって食事にしようと言っていた。予約を入れているとしたら18時30分頃かな。

ゆっくり食べたとしても20時半には移動できるはず。

というか、私たちはバイトをあがる時間しか伝えてないのに、ここまで予定を推測されてしまうとは思わなかった。この人相手に隠しごとって難しそう。

それにしても誕生日プレゼントとして、映画のチケットなんて考えたこともなかった。

……貰《もら》ってしまっていいんだろうか。

「あの……ありがとうございます」

「いいっていいって。バイト先の先輩から形に残るモノを渡されても『重ッ』って思われちゃうからねぇ。これなら軽いでしょ」

「重いなんて……そんなこと――」

思ったりしないと思うんだけど。

「あるある。稀《まれ》によくある」

「どっちですかそれ」

稀なのか、ちがうのか。

「当日のみ有効のチケットなんて消えモノの極みなんだから、受け取ってくれるだけでも取っておいてよ～。使わなくてもいいからさ～。でも、ね――」

にまっと読売さんが笑みを浮かべ、

「それ、後輩君が観《み》たい映画で間違いないから」

私は目を瞠《みは》った。

「事前に調査済。だからきっと彼、喜ぶよ？」

「う……」

浅村くんが喜ぶ……って、本当に？

そして私はここ数日考えていたことが脳裏をかすめる。浅村くんの誕生日。しっかりプレゼントは渡せたけれど、サプライズはなかった。そんなのいらないと思っていたのは過去の私で、今では失敗したななんて思っている。

この映画のチケットだったら、彼をびっくりさせられるんじゃないかって。

「んふふふん。行く気になったね？　なってしまったね？」

「え、その……まあ。はい。せっかくですし」

もしかして読売《よみうり》さんって、私と浅村《あさむら》くんの関係に気づいていて、応援しようとしてくれているのだろうか。

「あの！　ええと、どうしてここまでしてくれるんですか……」

言葉の最後の勢いが落ちてしまうのは、さすがにそれは自分にとって都合よすぎる考えじゃないかって思ったからだ。

目の前のバイトの先輩は、才色兼備を絵に描いたような黒髪ロングの和風清楚《せいそ》系美人で、浅村くんは「おっさん枠」なんて言うのだけれど、こんな人が万が一にでも恋敵だったら絶対勝てないと思ってしまう人で――。

「なんでって、決まってるよ～。ふたりが早く観《み》てくれないとネタバレトークができないんだって。ちょっとばかり考察班がガチ褒めしそうなやつなんで、感想戦をやりたいんだよう」

「えっ、難しい映画なんですか？」

「そんなことはない！　……たぶん。まあ、だからさっさと観てほしいのだよ。私ももう観るつもりだしね～」

読売さんの目は真剣で、とくにからかっているような様子は——いや、からかい上手が通常装備だと言われたらそれもそうなんだけど——たぶんこれは真面目な顔。

うん。貰《もら》っておいて行かないのはもったいないと思うし。

「わかりました。嬉《うれ》しいです。楽しんできますね」

「私はもういちどお礼を言うと、読売さんからの誕生日プレゼントを素直に受け取ったのだった。

バイトが引けて、私と浅村くんは駅近のファッションビルまで歩いた。

ビルの6階がフードフロアになっている。浅村くんが連れて行ってくれたのはフロアにある洋食レストランだった。

居心地の良さそうなお店で嬉しかったけれど、ひとつ不思議に思ったのが、浅村くん自身も普段はあまり利用しなそうなお店をわざわざ選んだことだった。

どうしてここを？

浅村くんに尋ねて、返ってきた答えが——。

「ビーフシチューがおいしいお店なんだってさ」

私はびっくりしてしまった。ビーフシチューは私の大好物なのだ。

浅村《あさむら》くんは私の母から訊《き》き出したらしい。

プレゼントそのものには驚きがないから、何かサプライズで楽しませたかったのだと浅村くんは言う。

確かにどきどきした。嬉《うれ》しかった。

でも同時に私はずるいって思ってしまったんだ。浅村くんの誕生日に私は何のサプライズも仕掛けられなかったのに、浅村くんは私を楽しませすぎる。

メニューが渡されて。

オムライスもカレーも美味《おい》しそうだし、プリンも、上に生クリームが帽子のように載っていて、カラメルソースの海に浸《つ》かっているなんて素敵すぎ——じゃなくて、そっちはスイーツだから、今はダメ。

「ほんと。美味しそう。……私、これにしていい？」

やはりビーフシチューを食べてみたい。

セットのお値段も確かめてから、私はいちばん食べたいと思ったものを選んだ。

そうして、運ばれてきたシチューが想像以上のものだった。

なんでレストランで食べるビーフシチューって、家で作るよりも美味しく感じるんだろう。これは昔から私の疑問に思っていること。

私の問いかけに、浅村くんが答える。

「肉そのものが何かちがうのかな？」

「そっか。その可能性もあるのかも。うーん……再現してみたいな」

それとも調理法に原因があるのだろうか。不意に湧き上がってきた想《おも》いに、心の奥がちくんと痛んだ。

そして過去の記憶が蘇《よみがえ》ってくる。

小さな頃、家の近くにあった個人経営のレストラン。そこで食べたビーフシチューの味を私は忘れていない。こんなに美味しいものがあるなんてって思った。

それは本当のこと。

間違いない真実……だけど。それは料理だけに原因があるわけじゃないのかも……。

母が再婚して。

その相手である浅村くんのお義父《とう》さん——太一《たいち》お義父さんが、とても優しい人で、お母さんが幸せそうで……。

ハロウィンの頃、母が仕事を休んで帰ってきたとき。

『太一さんもいるし、休んでもいいんだって思えるようになったのかも』

お母さんがそう言ったのを聞いて……ようやく私はほっとしたのだ。

今の母は休みを選択できる。

昔とはちがう。昔はそうじゃなかった。

実父と別れてからのお母さんは、実家にも頼らず、ひとりで私を育ててくれたのだけれど、忙しいにもかかわらず毎日の食事を作り続けた。

子どもながらにそれが大変なことだと感じていたので、中学校に入るやいなや、せっせと料理を覚え始め、母を手伝うようになったわけで。

お母さんの料理に不満はなかった。美味《おい》しいと思っているし。

それでも、忙しいからこそ作れない料理もあった。下準備に時間のかかるもの。料理時間が長いものは、母の仕事の性質から言っても難しい。

実父は見栄《みえ》っ張《ぱ》りだったから、母が離婚する前に立派なレストランに連れて行ってくれたことがなかったわけじゃない。でも見栄っ張りが過ぎたから、マナーには極端にうるさかった。

生まれたときから作法を叩《たた》きこまれるような家庭ならばまたちがったのかもしれない。けれど、半年にいちど訪れるかどうかの店で、小学生に完璧なマナーを期待されても、緊張するばかりで味なんてわからなくなるだけだ。わずかに音を立てただけで、きつい声で名前を呼ばれる恐怖は味わったものでなければわからないだろう。

私にとって外食は失敗の許されない儀式でしかなかった。

離婚が成立した日。

母はやつれた顔をしながらも、どこか清々した表情で。そうして母は立派なレストランではなく、近所の洋食屋に私を連れて行ってくれた。虫歯になるからと飲ませてくれなかったオレンジジュースを頼み、湯気を立てるビーフシチューに舌を火傷《やけど》しながらかぶりついた。ソースで口許《くちもと》が汚れてしまったけれど、母は笑いながらナプキンで丁寧に拭ってくれた。

老夫婦が開いている小さなレストランは、馴染《なじ》みのお客さんがまるで我が家のようにやってくる店で。

そんな店で食べた、あの日のビーフシチュー。訪れる客たちをもてなすために、時間をかけてじっくりと煮込まれていた。

あの柔らかい肉の味は、客たちのことを想《おも》ってかけてくれた手間の味だ。

肉の中に閉じ込められていたのは、強張《こわば》っていた心を溶かすような、老夫婦のぬくもりだった。

ほろりと口の中で溶ける。

やすらぎの味。

「で、これがプレゼント」

はっと我に返る。

浅村《あさむら》くんが手提げ袋から出したプレゼントを渡してくる。

ちょっといい石鹸《せっけん》とだけお願いしたのだけれど、浅村くんが選んでくれたのは、リラックス系アロマとして使われるようなハーブの香りの石鹸《せっけん》だった。

浅村《あさむら》くんの考えがよくわかる選択だ。

起きてからずっと武装モードの私がそれを解除するのはお風呂に入ったとき。そんなとき使う石鹸に癒し効果のある香り。

休んでもいいんだ。そう言われている気がした。

いいのだろうか。ほんとうに休んでしまっても。今まで——母とふたりきりになってからずっと——ずっと。

心に渦巻いている想《おも》いを顔には出さず、私は言う。

「あの、さ……。ええとすっごく嬉《うれ》しかったから、その、お返しで」

つっかえつつも、読売《よみうり》さんから貰《もら》ったチケットを見せる。

浅村くんが観《み》たいと言ってたらしい映画。

まさかと驚いた表情。

自分もサプライズを返せたみたいでよかったと思う、
ありがとうございます読売さん。

映画館で映画を観るという行為には、他の娯楽にない特別なところがあると思う。

周りに他人がいるのにまるで自分だけがその場にいるような。あるいは没入できるのにひとの気配だけは感じとれるような。

付かず離れずで、ひとつの体験を共有している——という感覚を、この日ほど体感したことはない。

映画は、面白かった——というか、怖かった。

主人公の少女は何度も何度もクラスメイトたちに裏切られつづけるのだ。

事件に巻き込まれ、謂《いわ》れなき誹謗《ひぼう》を浴び、友人たちへと伸ばした手は拒まれ続ける。

そこから彼女は事件の前にまで時を遡り、繰り返し避けようのない失望を味わう。

もうひとりの主人公である少年が登場するまでは心が痛くて堪《たま》らなかった。

繰り返す悲劇を回避するべく現れた少年は未来からの来訪者で……けれども、絶望していた彼女は、少年の差し出す救いの手を信じきれない。

凍りついた心を持つ少女には、周りの人間すべてが敵に見えているのだ。

アンデルセンの童話『雪の女王』がモチーフになっているのだと気づいたのは、浅村くん直伝の名作考察なんてやっていたからだろうか。

つまり悲劇によってつけられた少女の心の傷がカイの目と心臓に突き刺さった悪魔の鏡の破片であり、一万年の時を越えて少女を助けにやってきた少年がゲルダというわけ。

ジェンダーをひっくり返しているのが今風かもしれない。

私は、気づけばスクリーンに釘付《くぎづ》けになっていた。

救い主である少年が少女と触れ合う時間は、夏休み前のわずか二週間。

その短い時間で、凍りついた少女の心を溶かすなんて無茶——とたぶん一年前の私なら
そんな感想を唇をゆがめながら皮肉げにつぶやいていたことだろう。

クライマックスの場面。スクリーンには抱きしめる少年と抱きしめられる少女。

『君をここから救い出すから。だからさ……』

もう我慢しなくていいんだ——。

少女はその言葉に、両腕に力を込めてついに抱きしめ返すのだ。

ふだんだったら外でこんな隙は見せない。

だけど、隣に浅村《あさむら》くんがいたからだと思う。ひとりなのに、ひとりじゃない。映画館の
魔法。隣にいる気配を感じていて、たぶん私は安心してしまっていた。

——あ、だめだ。

耐えようとして耐えきれず、ひとつぶ、熱いものが頬《ほお》を滑り落ちる。

エンディングテーマが流れ、スタッフロールが視界の中を下から上へと流れていっても、
私はしばらく身動きひとつできなかった。

照明が灯《とも》る直前に辛うじて声をあげる。

「ちょっとお手洗いに行っていい？」

返事を待たずに席を立ち、私はトイレに駆け込んだ。

鏡の前で確認する。ちょっとだけ目尻あたりのファンデが崩れていた。泣くつもりなら崩れにくいメイクの仕方もあったのだけど。

はあ、とひとつため息。

まさか泣いてしまうなんて。自分自身に対する驚きと同時に、そういえばぜんぜん泣いてなかったなここ数年、と思い出す。

化粧を直そうとポーチを開ける。

そこでふと手が止まった。

鏡をもういちど見直して——崩れてると思ったけど、気にしなければ気にならない程度ではあった。

もう、帰るだけなんだよね？

外は暗く、たぶん互いにまじまじと顔を見合わすこともない。

鏡の中の自分の顔。崩れた目許《めもと》を見ていると、映画のモチーフとなった雪の女王のクライマックスを思い出す。涙で溶ける悪魔の鏡の欠片《かけら》。流れて落ちて少年の心はぬくもりを取り戻した。

直さなくてもいいか。

もう私たちは家に帰るだけで、隣には浅村くんがいてくれる。

武装なんて、いまはいらない——。

●12月24日（木曜日）浅村悠太《あさむらゆうた》

「高校生活も、もう残り半分もないんだなぁ」

零《こぼ》した言葉は誰に聞かせるつもりもなかったのだけれど、前の席に座る俺の親友は背中越しに聞いていたようだ。

大きな体を半身にして振り返り——いやまだSHR終わってないけどな？

「浅村よ、来年からは俺たちも、さらに受験を意識しなきゃな」

そう丸《まる》が小声で言った。

教壇では担任が冬休みの諸注意を語っている。その声を片耳で聞きながら俺は「うっ」と呻《うめ》いた。受験かあ。

丸がどこか諦観したような表情で言う。

「このまま、あっという間に大人になっちまいそうだ」

「大人になるのは構わないんだけどね」

むしろ子どものままでいたくはない。守られるばかりの立場では誰も守れないって思うから。

……まあ、「オトナをする」って、だいぶしんどそうには見えるけど。

俺は親父《おやじ》の顔を思い浮かべた。

いや。そうでもないか？

再婚後のにやけきった顔しか思い出せないからか、実母の出て行った後の苦労の記憶が最近ではおぼろになりつつあった。

「浅村は、早く大人になりたいタイプか」

「丸はちがうの？」

「どうだろうな。学ばねばならんことが多いから、もうすこし時間の止まる修行部屋でもあれば暮らしたい気分ではある」

「あー」

本気で野球の道を追求したいのならば幾ら時間があっても足りないということか。

「観《み》てないアニメが積まれるばかりでなあ」

「そっち!?」

「冗談だ」

俺は机に突っ伏した。からかわれているのか、それとも本音か。

うなじに感じた日差しに、首を横に向ける。

太陽が、ガラス窓の上のほうに見えている。真昼になっても低いままのお日様が、俺や丸の座る、窓際から三列目までを照らしていた。

ぬくい……ゆえに眠い。

担任の語る言葉が子守唄に聞こえてきそうだけれど、あと数分もすれば放課後になるのだから我慢だ。

スピーカーから終業を知らせるチャイムの音。

小言のような担任の訓示がようやく終わる。ため息のような吐息をクラスメイトたちがいっせいに吐き出し、それから先生の前だからと控えめに歓声があがる。担任がやや呆《あき》れた顔になりつつも出て行った。

羽目をはずさないように、のひとことを残していく。

「高校二年のクリスマスにそこまで警戒することもあるまいにな」

「へ？」

俺は丸《まる》の言葉に首を傾《かし》げる。

「不純異性交遊とか。そういうことだ。暴走する思春期の若者の尻ぬぐいして正月がつぶれるのは避けたいだろうさ」

「ごもっとも。俺だって同じ立場なら嫌だなぁ」

「お兄ちゃんとしては心配じゃないのか」

からかうような口調でその単語を使う丸に虚をつかれて、俺は思わず目を丸くした。

「へ？」

「綾瀬《あやせ》なら、今日の夜に予定くらい入ってそうだろう？」

「今日の夜？」

「クリスマスデートなら、今日だと思うが？」

言われた言葉が脳に届くまでしばらく時間がかかった。

綾瀬さんにクリスマスデートの予定でも入ってるんじゃないかと言いたいのだろうか。

たしかに俺と綾瀬さんの本当の関係は第三者には知られていない。クリスマスの機会にとデートに誘おうとする人間はいるかもしれない。

兄と妹としてしか見られてはいけないということは、裏を返せば、綾瀬さんが必要以上に誘いを断ると不自然に見えてしまうし、断りきれずに、なんてことも……。

まさかね。さすがにそれはないだろう。

ふいに、胸元にぶるっと震動が伝わって、俺は慌てて体を起こした。

制服の内ポケットに入れていた携帯を取り出す。

ＬＩＮＥの通知だ。プレビュー画面に『食材を買ってから帰ります』と出だしの一行が表示される。綾瀬さんからだ。

買ってから帰ります。

ほらね、と思う。

「どうした？　綾瀬から、お兄ちゃんなんてキライ、とでも言われたか」

「そんなアニメの妹みたいな台詞《せりふ》は言わないよ」

「やっぱり綾瀬《あやせ》からだったか」

「ぐ」

「おまえ、わかりやすいぞ」

「丸《まる》の察しがよすぎるんだよ」

「で、返事はいいのか？　お兄ちゃん」

「だいじょうぶ」

携帯をポケットに戻し、俺はうーんと伸びをする。

鞄《かばん》をつかんで丸が立ち上がった。

「じゃあ、浅村《あさむら》よ、またな」

「あー。また。次に会うときには新年だろうし。良いお年を、かな」

「冬休み中に会うこともないだろうしな。まあ、お互い良いお年を」

背中を向けた丸が手をひらひらと振って教室を出て行った。

部活へと向かう丸の背中を見送ってから、俺は改めて教室を見回した。クラスメイトたちの半分はもう部屋から出て行ってしまっている。部活やら帰宅やら。

本屋にでも寄ってから帰るか。

いらない心配して損した気分だ。

そういえば今日は家族でクリスマスだったんだよ。

キッチンまわりの壁がピカピカになっている。

俺のおかげ——ではない。そもそもは、今日を休みにしていた亜季子《あきこ》さんが「ちょっとここだけ早めに大掃除しちゃおうと思うの」と言い出した。「ここ」と言いながら、キッチンを指さしていた。

だから俺も綾瀬さんも手伝うと言ったわけだ。

もともと俺も父も料理をしない人間なので、キッチンまわりはさほど汚れてはいなかった。三人がかりで二時間ほどで掃除は終わってしまった。

それが3時くらいだろうか。おやつ休憩を挟んでそのあと——。

「じゃあ、あとは夕食の準備をしちゃうから、悠太《ゆうた》くんは休んでていいわよ」

亜季子さんは、久しぶりに娘とふたりで料理をしたいからと、キッチンから俺を放り出した。

しかたなく俺は自室に戻る。鞄を開けた。買ってきたばかりの本を手に取り、軽い気持ちで最初のページを開き、文字を目で追い始める。

本から顔をあげると、いつの間にか部屋の中がうす暗い。日が落ちていた。

俺は読後の余韻に浸りつつ、大きく息をついた。

——面白かった。

あっという間に読み終えてしまった。ハードカバーの翻訳SF上巻を一冊まるまる二時間ほどで読んでしまったことになる。自分がまだ巨大なミッションを抱えたまま宇宙空間に漂っているかのような気分だった。

さすが、ハリウッド映画化と帯に書いてあるだけのことはある。

本を閉じると、キッチンのほうから亜季子《あきこ》さんと綾瀬《あやせ》さんの楽しげな声が聞こえてきた。

自室を出て顔を出すと、亜季子さんに見つかった。

「悠太《ゆうた》くーん、テレビつけてくれるー？」

「テレビですか？」

「なんか音が欲しいなって。面白そうな映画でも流しっぱなしにしてくれればいいから」

「ああ、はい。わかりました」

リモコンを操作して俺は配信サービスを立ち上げる。

流しっぱなしにするのなら、映画の専門チャンネルのほうがいいだろう。

「邦画がいいですか。洋画？」

「洋画。字幕版でもいいわ」

「……ほんとにBGM代わりなんですね」

とはいえ、台詞《せりふ》だけでも楽しめるものがあればそれに越したことはない。

契約しているサブスクサービスのアプリを立ち上げると、ちょうどクリスマス特集でいくつかの映画がオススメに上がっている。

子どもが活躍するコミカルなクリスマス映画があった。

何度か観《み》たことがある。クリスマスの日に家に取り残された子どもが親の居ない間に大活躍をしてしまう話だ。好評だったのだろう。何作も続編が作られていた。もっともハリウッド映画の常として、前作と関係があったりなかったりするのだけど。続編になったら夫婦が離婚してたりとか。ファミリー映画でも気が抜けない。

すぐに、楽しげな声が流れ出した。

「悠太くん、ありがとうー」

「ええと……何か手伝いましょうか？」

「じゃ、お腹《なか》を空《す》かせておいて」

「……えっ」

筋トレでもしたほうがいいんだろうか。

ちらりと綾瀬さんのほうも見るが、楽しそうに鼻歌っぽい何かを口ずさみながらフライパンを振っていた。危ないから声を掛けないほうがいいんだろうな。

「手が必要になったら遠慮なく呼んでくださいね」

「はーい」

俺は風呂場の掃除とお湯張りをしてからリビングに戻った。そのままソファに座って映画をぼんやりと眺める。

途中で料理を終えたらしい綾瀬《あやせ》さんがひょこりとやってきて、ソファの隣に座った。

ひとひとり分を空けているとはいえ、なんだか映画館を思い出してしまう。

綾瀬さんも映画を観《み》るのかな、と思ったら、単語帳をめくり始めた。

亜季子《あきこ》さんがいる前で、綾瀬さんと並んで映画を観ているわけで、この距離感は良いんだっけ、と頭が一瞬混乱してしまう。

いや、家族が並んでテレビを見るのはふつうだよな——ふつう。

考えすぎだ。

ちらりと脇を窺《うかが》うと、綾瀬さんはスマホに繋《つな》いだイヤホンを耳につけて何かを聴きながら、ぱらりぱらりと単語帳をめくっている。

こちらに話しかけてくるわけでもない。映画を観ているわけでもない。

俺の隣ですっかりくつろいだ表情の綾瀬さんは単語帳をめくり続けていた。


「ただいま」

取っ手の付いた紙の箱を提げて親父《おやじ》が帰宅した。

7時には帰ると言っていたが、実際の帰宅時間は、長針が半分ほども回る頃になっていた。

親父が亜季子さんに紙の箱を差しだす。

「予約していたやつを引き取ってきたんだが、混んでてねえ。ちょっと遅れてしまったね。すまない」

「だいじょうぶですよ」

ホールケーキの……12、いや15センチか？

なぜそこまで見当がつくのかと言えば、綾瀬さんとの外食のときにケーキを食べるかどうかを、いちおう考慮したからだ。まあ、12センチでも食事と同時では食べきれる自信がなかったので諦めたのだけれど。

しかし、15センチだと四人で分けてもおなかいっぱいになりそうだけど……。家なのだし、食べきれなかったら残せばいいか。半日ていどなら持つだろう。

「これは食事のあとにしましょうね」

にこにこしながら亜季子さんが冷蔵庫を開ける。

年末を控えて我が家の冷蔵庫の中身はかなり詰まった状態になっている。

「悠太《ゆうた》くん、これとこれ、持っていってくれる？」

「はい」

手渡してくるビールとノンアルコールのシャンパンを受け取って食卓へと運ぶ。グラスと栓抜きも必要か。

亜季子《あきこ》さんは何度か冷蔵庫の中身を出したり入れたりしつつ、やりくりしてケーキの箱を押し込んだ。

その間に、綾瀬《あやせ》さんは料理を温め始めていた。俺も保温ジャーのご飯を装《よそ》って食卓に並べる。

親父《おやじ》が着替えて食卓に着く頃には食事の用意がすっかり整っていた。

「おお。美味《おい》しそうだね」

本日のクリスマスディナーの主役はテーブル中央の大皿にデンと置かれている鳥のもも肉の香草焼きだった。鳥、といってもニワトリではない。近年になって日本でもクリスマスのご馳走《ちそう》として食卓に上るようになった鳥――ターキーだ。まあ、元々は感謝祭の食べ物だったらしいが。

日本語だと七面鳥。鶏肉《とりにく》よりも脂が少なく、最近のヘルシー志向もあって目にする機会も増えたと思う。けっこうでかい鳥なので、さすがに丸焼きではないけれど、皿の上の肉の塊は四人で分け合っても食べきれないほどある。親父が奮発してネット注文し、クリスマス配送させたものだ。ロースト済のやつだった。

「主食がパスタのほうがクリスマスっぽかったかしら」

テーブルの上を見渡して亜季子さんが言った。

七面鳥をメインディッシュにしているけれど、主食はお茶碗《ちゃわん》に装ったご飯だし、スープじゃなくて味噌汁《みそしる》。

　確かにクリスマス色は薄い気もする。

　綾瀬さんがフォローするように言葉を添える。

「ええと、だいじょうぶだと思う。ほら、サラダも作っておいたし、ぎりぎり洋風と言えば言えるかなって。ドレッシングも幾つか用意してあって……。お義父《とう》さんはどれをかけますか？」

「僕は和風で」

　クリスマスとはいったいどの国の文化だったのか。

　ご飯と味噌汁のクリスマスディナーが嫌というわけではないけれど、つい内心つっこみを入れたくなってしまう。

「お漬物も用意しましたよ。ほら、キャベツとキュウリの浅漬け。太一《たいち》さん好きよね」

「ありがとう。もちろん好きだよ」

「お母さんってば……ピクルスでも良かっ――」

　たんじゃないの、という言葉を綾瀬さんは呑《の》みこんだ。

　夫婦の意見が一致をみているのだから、つっこむこともあるまいと考えた――諦めたとも言う――のだろう。

　俺と綾瀬さんはそっと苦笑いを交わしつつ席に座った。まあクリスマスは心だよね。

「じゃあ、メリークリスマス！　そして悠太《ゆうた》、誕生日おめでとう！」

「いや親父《おやじ》、そこは嘘《うそ》でも、誕生日のほうから祝ってくれないと」

「それもそうだな。すまない。お誕生日おめでとう、沙季《さき》ちゃん。メリークリスマス！」

「ありがとうございます」

「ふたりとも十七歳おめでとう」

亜季子《あきこ》さんが俺たちの顔を順に見てから言った。

親父たちはビール、俺たちはノンアルのシャンパンで乾杯をしてから食べ始める。

相変わらず亜季子さんの味噌汁《みそしる》は美味《おい》しかった。

確かにオヤジの言うとおり、洋風か和風かなんて些末《さまつ》なことだろう。本日の味噌汁の具はお豆腐だった。白い豆腐に細かく切った緑色の葱《ねぎ》。味噌は赤出汁《あかだし》。ひとくちすすってから気づいた。

もしやこれはクリスマスカラーなのだろうか？　……まあ、日本のクリスマスっぽくていいか。

「ソースもおいしいわね」

「肉も固すぎなくて最高だ。これは当たりだったねぇ」

亜季子さんと親父も口を揃《そろ》えて言うのだから、俺の味覚が間違っているわけではなさそうだ。

ひととおり食べ終わってから（後にケーキが控えているから、かなり抑えた）、食後のコーヒーを飲みつつ、クリスマスケーキを切り分ける。

15センチのホールケーキの頂上には、『Merry Christmas』の文字が描かれたチョコレートと、ビスケットのサンタが載っていた。

白い生クリームでデコレーションされたケーキに包丁を入れる。

黄色いスポンジの層に挟まれて赤い果肉が見えている。イチゴだ。ようするに定番のクリスマスケーキって、切り分ける前の巨大なショートケーキだよね。

「まあ、はずれを買うよりは定番のほうがいいだろう？」

親父が言った。

確かにそれもそうか。

亜季子さんの切り分けてくれたケーキをつつきつつ、初めての一家四人でのクリスマス＆誕生日を祝う。

親父は俺の成績が夏頃から上がったことを喜び、綾瀬《あやせ》さんも予備校に通う気はないのかと尋ねた。

「お金のことを心配しているなら――」

「いいえ。だいじょうぶです。私はその……あまりいっぺんに新しいことを始めると、かえって気が散ってしまいそうで」

遠慮がちすぎる言葉に聞こえたけれども、親父《おやじ》は納得したようだ。

思い返してみれば、綾瀬《あやせ》さんは半年前までずっと母親とふたりきりの生活だったわけで。それが、いきなり男性ふたりと同居になったのだから、新しい生活に慣れるのだって大変だったはずだ。

しかも、俺と親父は元のままの家に住んでいるのに、綾瀬さんたちは引っ越しもあったわけで。自分に置き換えて考えてみれば、変化が多すぎてお腹《なか》いっぱいと感じるのも嘘《うそ》ではない気もする。

そうか……もう綾瀬さんと会ってから半年も経《た》つんだ……。

「でも沙季《さき》ちゃん。通いたくなったら、いつでも相談してね」

「ありがとうございます」

お義父《とう》さん、と最後に付け足されて親父は嬉《うれ》しそうに微笑《ほほえ》んだ。うん。無事に親馬鹿に育ってる。

「わたしはむしろ悠太《ゆうた》くんが心配よ。ちゃんと遊んでる？」

「えっ。ふつう逆じゃないですか？　勉強しろならわかりますが……」

「そこは昔から心配してないよ」

親父が脇から口を挟んだ。

たしかに親父から『勉強しろ』と言われたことはない。ただ、学校からの俺関係の通知にはマメに目を通すタイプではあった。

覚えていないけど、たぶん母が出て行ってから。

通信簿は見せろと言ってくるし、中学まではテスト用紙も返却されるたびに見せろと言ってきた。

見ても何か言ってくるわけじゃないけれど。

毎度、ふんふんなるほど、と返却された答案用紙を見られて、何がなるほどなのかわからないそれを聞くたびに、自分がレントゲン写真か何かを撮られている気分になったものだ。

それで、数日後にさりげなく机の上に苦手教科の参考書とか置かれていたり。

あれはあれで妙なプレッシャーがかかる。

義務教育が終わったことと、個人情報だと言い張って、高校からは通信簿以外は成績関係のデータは見せなくなったけどさ。

「悠太は子どもの頃から本ばかり読んでる子だったからなぁ。学生でいられる時間なんて短いんだから、ちゃんと遊ばないと」

「いやだいじょうぶだって。それなりに謳歌《おうか》してるから」

「そうかい？　まあ、学生時代を楽しんでくれているなら親としても嬉しいよ——と言っておいてなんだけど」

親父《おやじ》が前置きしてから亜季子《あきこ》さんと目配《めくば》せをした。

亜季子さんが席を立って寝室の扉を開ける。戸口の後ろに隠しておいた紙袋をテーブルまで持ってきた。

「はい。わたしと太一《たいち》さんからふたりに誕生日プレゼント」

「うん？　これ……」

「本ですか？」

綾瀬《あやせ》さんも首を傾《かし》げた。

クリスマスパッケージで包装されている分厚いそれが、なぜひとめで本だと俺と綾瀬さんに判《わか》ってしまったのかと言えば、包装紙が俺たちの勧めているバイト先のものだったからだ。何度も何度も見ているのだから間違えようがない。

「開けてもいい？」

「もちろん」

笑みを浮かべる親父に訝《いぶか》しげな視線を注ぎつつ、俺は包装紙を剥《は》がした。

本だ。

しかも――。

「赤本!?」

「受験をするなら必要かなと思ってね。まだ持ってないだろう？」

「まあ、まだ揃《そろ》えてはいないけど」

綾瀬さんも隣で絶句していた。気持ちはわかる。

俺たちが親からプレゼントされたのは、大学受験生ならば誰でもいちどは目にしたことがあるだろう「大学・学部別の大学入試過去問題集」だった。表紙が赤一色なので、通称「赤本」と呼ばれている。

ふつうは志望大学を決めてから揃えることになるが、これは共通テスト用だった。しかも、苦手教科を中心とした五冊セットだ。

確かにこれは有難い。すべて揃えたら、それだけでハードカバー本が三冊は飛んでいく値段なのだから。勉学のための環境を作ってくれることには素直に感謝する。ただ――。

「プレゼントっぽくないなぁ」

「成人を超えた自分の人生をどう生きるかは任せるが、今のところは受験する気でいるようだからね」

「受験勉強がんばってね」

亜季子さんに笑顔で言われてしまった。

「ありがとうございます。頑張ります」

隣の綾瀬さんも同じように感謝しますと言って頭を下げた。

このときの俺たちは、親たちからの思いもよらないプレゼントに若干の拍子抜け気分を味わっていて、意味ありげに親父《おやじ》と亜季子《あきこ》さんが目配《めくば》せしあっている理由にまでは思い至らなかった。

テレビでは、無事に泥棒の襲撃から家を守り切った子どもが歓声をあげていた。


その夜。ベッドで眠りに就いていた俺は、軽い物音を聞いて覚醒した。

暗闇の中で目を開ける。

周囲を見回しても部屋の中に異常は見当たらない。というか、何も見えない。充電中の携帯を傾けてバックライトを灯《とも》した。時間を確認する。

0時28分。

まだ寝付いたばかりだった。明日から冬休みだから、眠りが妨げられてしまっても問題ないといえばないのだが。

携帯をひっくり返して扉のほうを照らした。

入口のところにさっきまでなかったはずの小さな箱が置かれている。

なんだろう?

手の届く距離ではなくて、あそこに行くには布団から出なければならない。……だが、気になる。

布団を剥《は》がして、寒さにぶるりと体を震わせる。思わず両腕を抱え込むようにして身をすくめてしまう。さすがに寝るときはエアコンを切っているから布団から出たくはなかったのだが。

ベッドから降りて見慣れない箱を手に取る。

戻って、枕元のライトをＯＮにした。

リボンを掛けてあることは触った時点でわかっていた。包装紙を見ればクリスマスの贈り物であることもわかる。

サンタクロース。そんな単語が頭に浮かび、いやいやそんな年齢じゃないぞ、と首を横に振った。

こんな凝った渡し方をされたのは何年ぶりだろう。

なるほど、こっちがメインか。

まさかのクリスマス＆誕生日プレゼントが赤本。貰《もら》う立場ながら有難いと思いつつなんじゃこりゃと思ってしまったけれど、本命を隠すための演出だったたか。

親父ってこんなお茶目さんだったたか？　と思いつつ、亜季子さんの影響なのかなと思い至る。

ひょっとして今頃綾瀬《あやせ》さんのほうにも何か贈られているんだろうか。

包装紙を剥がして中身を取り出してみる。

はらりと何かが床に落ちた。

「……手紙？」

プレゼントにメッセージカードとか、徼りすぎだろうと思いつつ拾い上げて読む。

単なるメリクリもしくはバースディのカードかと思いきや、かなりの長い文章で、俺はベッドに腰を落としてじっくり読んでしまった。

来年には成人となる悠太《ゆうた》へ、から始まる文章は——。

要約すれば、両親への気遣いへの感謝の贈り物である旨と、来年だとバタバタしてしまうだろうから、すこし早めに成人することへの祝いを兼ねている、とのことだった。

「そうか。来年は受験だもんな……」

高校三年生の年末なんて受験のプレッシャーで胃が痛くなっている頃だ。そんなときにより重圧の掛かるような贈り物はしづらいだろう。

改めて中身の箱を見る。

「時計だ……しかもこれ」

ブランドに疎い俺でも知っているメーカーの腕時計だった。高校生だと普段使いしている奴《やつ》を滅多《めった》に見ない。

中古でも値が張りそうな一品。高校生の俺だと、もし買いたくなっても手が出ない品であることは確かだった。

こういうの、就職祝いとかならわかるのだけど。

──来年には成人となる悠太へ。

メッセージの書き出しが重く感じられてきた。俺も来年には十八歳。しようと思えば、結婚さえできる年齢。そうなれば独立して生活を営むことになる。今この瞬間まで、そんなこと考えたこともなかったけれど。

働くとか、まだぜんぜん実感持てないし。順調に大学に行ったとして、五、六年後には働いているはず──いや待て。イマドキそんなに就職も簡単じゃないって聞く。働けていれば幸運なほうで──でも食えないと独立できないし、結婚も……。

頭を左右に振って重さと雑念の両方を振り払う。雑念のほうがどんな妄想かは、この際措《お》いておくとして。

箱から取り出して、そうっと腕時計を手首に回してみる。

新品の銀のベルトが薄明かりの中でかすかに縁を光らせる。

想像していたよりは重くないし、付け心地もよかった。留め金をはずし、箱に戻そうとして、思い返して枕元に置いた。

これを普段使いできる程度に稼げるようになりたい。

頑張ろう。色々と。

布団を引き寄せて潜り込む。

ベッドライトの明かりが消えても、ベルトの銀の輝きはしばらく瞼《まぶた》の裏に残っていた。

●12月24日（木曜日）　綾瀬沙季《あやせさき》

終業式が終わると、母に頼まれた食材（野菜と調味料あれこれ）を買って、まっすぐに帰宅した。

今日の夜は、家族内の誕生日兼クリスマス会。お母さんも休みを取って頑張って夕食を作ると言っていたし、できるかぎり早く帰って手伝いたい。

すっかり馴染《なじ》んだ玄関の扉を開ける。

ただいまと短く声を掛けてからローファーを脱いだ。

「お帰り。早かったのね」

お母さんは、もうキッチンにいた。まだお昼過ぎだというのに。

「手伝う」

「あら。お母さんひとりでもだいじょうぶだから、休んでていいのよ？」

お母さんひとりに家事をさせるわけにいかないでしょ——とは言わない。

「へいき。別に疲れてないし。あとこれ」

スーパーで買った食材と調味料をダイニングのテーブルに置く。

「ありがと」

「着替えてくる。すぐ手伝うから」

「頑固ねえ。誰に似たのかしら」

あなたにです。

これも言わずに自室に飛び込んだ。

着替え終わるとキッチンへとすべりこむ。

「何の用意しているの？ というか、今日は何にするつもりなの？」

「クリスマスだし、悠太《ゆうた》くんと沙季の誕生日パーティーだから、ちょっと豪華よ。ご飯とお味噌汁《みそしる》にサラダとお肉」

それ、いつもの夕食とどうちがうのかわからないのだけど。

「なんと、お肉がこれなの！」

わざわざ冷蔵庫を開けて見せつけてくる。わっ、大きなもも肉！ 塊が幾つかごろっと真空パックに入っている。

「鶏肉《とりにく》……じゃないよね？」

「七面鳥よ」

「どうしたのこれ？」

鴨肉《かもにく》とかならまだわかる。生肉を売っているスーパーだってある。

でも、最近ではそこそこ目にするようになったとはいえ、某巨大な夢の国に行けば食べられるとはいえ、ターキーはまだまだ珍しい肉だ。

それがごろごろとこんなに……。

「これ、焼いてあるの？」

「さすがに生でこれだけ大きいと調理が大変だし。丸焼きのレシピも知ってるけど、あれって手間も時間もかかるのよね……。焼く三日前から解凍して、一日前に下準備して、詰め物して縫い合わせて……美味《おい》しいのよ？　美味しいんだけど、お店で出すなら仕事時間にできるんだけど」

「う、うん。大変そう」

「そう。大変なの。というわけで、これはすでにロースト済です。太一《たいち》さんが通販で買っておいてくれたのよ。さっき届いたばかり。あとで温めればそれでＯＫ」

冷蔵庫を閉めて、お母さんが言った。

「じゃあ、肉は最後でいいんだね。……あとは？」

「ご飯とサラダとお味噌汁《みそしる》」

「えっ。それを今から」

「あら。ちがうわよ」

へ？

「綾瀬《あやせ》さん、お帰り」

声に振り返る。部屋から浅村《あさむら》くんが出てくるところだった。

「あ。ただいま」

「亜季子《あきこ》さんも起きたんですね。もう食事の支度ですか？」

「んっとね、ちょっとここだけ早めに大掃除しちゃおうと思うの」

お母さんは浅村くんに向かってそう言いながら、キッチンを指さしていた。

そうか。年末だものね。

「手伝いますよ」

浅村くんが言って、私も間髪入れずに後を追う。

「私も手伝うから」

「あらあら。そんな、だいじょうぶなのに。ありがとうね」

お母さんは笑いながらそう言ったのだけれど。

キッチンまわりのお掃除は意外と大変だったりする。キッチンでは油を使うからだ。油汚れというのはいちど染みつくとなかなか落ちない。

「あ、でも、意外ときれい？」

私は壁を見ながらつぶやいた。

「まあ。俺も親父《おやじ》もキッチンはほとんど使ってなかったしな」

「ここに越してきて最初に買ったの、サラダ油だものね。揚げ油なかったから」

母が言って、私は、あ、なるほど、と腑《ふ》に落ちた。

確かに油料理をしなければ油汚れは発生しない。……そういえば浅村《あさむら》くん、私が天ぷらを揚げていると、いつもおっかなびっくりの顔でこっちを見てるっけ。そうか、揚げ物なんてしてこなかったんだね。

「換気扇のお掃除も今日やっちゃおうと思うんだけど、たぶんすっごく楽だと思うわ」

「毎年苦労してたよね」

「天ぷらとか、家でやる料理とは思ってなかったからなあ」

「浅村くんってば……できるよ？」

わかってる、と浅村くんが苦笑する。挑戦してみたいなとも言ったけれど、ちょっとおっかないから、最初は見張ってないとだね。

しかし……そうか今年はあの苦労はなくていいのか。

換気扇の油落としのためにフィルターを外してバケツとかお風呂に水を張って洗剤と一緒に漬けておくとかしなくても。コンロの周囲のタイルの油を落とすためにキッチンペーパーに洗浄液を吸わせて貼りつけるとかしなくても——だいじょうぶだったり？

それはだいぶ楽かも。

「だから、そんなに手間じゃないの」

「だったら、なおさら三人でやったほうが早いでしょ」

お母さんは息をひとつ吐くと、じゃあ、夕食の準備もあるからさっさと済ませてしまいましょうねと言った。私は頷《うなず》く。浅村くんも頷く。

二時間ほど掛けると、キッチンまわりを掃除し終わった。

おやつ休憩してから、私とお母さんは夕食の支度に取り掛かる。お母さんが、久しぶりに私と水入らずで料理をしたいからと、浅村くんの手伝いを断った。

浅村くんはしぶしぶながら部屋に戻る。

それから二時間くらいだろうか。

お味噌汁《みそしる》作って、サラダを作って……。取り立ててクリスマスっぽくはないし、けっこう軽めだなと思ったのだけど、話しているうちに太一《たいち》お義父《とう》さんがケーキを買ってくる予定だと聞かされる。

夕食後にケーキ⁉ 体重計に乗るのが怖くなりそう。それなら軽めのほうがいい。

買ってきたキャベツとキュウリを使ってお母さんが何かを作り始めた。ジップロックに切った野菜を入れてシャカシャカと振っている。あれは浅漬けかな。

今日……クリスマスだよね？

まあ、私と浅村くんの誕生祝いでもあるのだけれど。だったらおかしくはないか。

いやいやバースディパーティーに浅漬けって、やっぱり変でしょ。

「どうしたの、沙季《さき》。そんな変な顔して」

「お母さんの娘ですから」

「それなら、太一《たいち》さんみたいなカッコイイ人と出会えるわね」

「はいはい」

実父と別れたあと、母は再婚には後ろ向きだった。

慎重になった、というほうがあっているかもだ。最近の言動からは想像もつかないけれど、母が家で男性の話をしていた記憶がない。たぶん、私を育てている間、恋愛とかもしてこなかったんじゃないだろうか。

職業柄、男の人のだらしない姿を見ることが多かったというのもあるだろうし、実父のせいで軽い男性不信に陥っていたというのもあるだろう。

再婚が決まったあと、一度だけ実父の話題が出たことがある。あれこれと昔を振り返ったあとで母は言った。

『他人同士の付き合いって難しいわよねえ』

母は休暇を取っていた。家で呑《の》むなんて珍しいなと思いつつ、母がグラスを軽く揺すって、入れた氷をカラカラと回すのを私は黙って見つめていた。

『あの人はわたしとはうまくいかなかった。でも、彼でなければ救われない人もいるのかもしれないし』

『そう、かなあ』

『そういうものよ。誰から見ても素晴らしい人なんていないのよ。ほら、若い子が言うでしょ。推しはそれぞれ、だっけ？』

初めて聞いた。

『で、その……浅村《あさむら》さん、だっけ？　は、だいじょうぶなの？』

『そうねぇ。今のところは』

『今のとこって……それ、ホントにだいじょうぶ？』

『一生だいじょうぶなんて嘘《うそ》つけるほど、わたしも自信ないのよ。前だってだいじょうぶって思ってて上手《うま》くいかなかったんだもの。でもまあ、沙季《さき》がお嫁に行くか、お婿さんを取るか……それくらいまでなら持つんじゃないかしら』

どっちもしなかったら、どうするつもりなんだ。

『でも、それならどうしてもういっかい結婚する気になったの？』

『同じ痛みを経験してるから、かしらね』

『ああ……浅村さんのほうも、再婚なんだっけ』

『そう。少なくとも同じようなことにはならないんじゃないかって。ただの希望的観測だけれど、人生をすこしでも変えようとするなら、不確かな道でも進まないとね』

そういうものなのか、と他人事のように思う。

結婚とは。そんな命題をまだ真剣に考えたことがない私では、経験しているお母さんと同じ目線で考えられるはずもなかった。

ただ経験に乏しいなりに、自分には目指す姿がある。旦那などいなくてもひとり平気で暮らせるくらいに稼ぎたい。ひとりで生き抜く力が欲しい。

『そうそう。できれば太一《たいち》さんはお義父《とう》さんって呼んであげて』

不意に言われ、私は言われた言葉が頭になかなか定着しなかった。

おとうさん。

難しい年頃と言われる私のような年齢の義理の娘がいきなりできた父親の心理的負担をできるだけ軽減してあげてほしいというような類《たぐい》の母親からのお願いなのだろうか？

『じゃないと混乱しちゃうから』

──ちがった。

『混乱？』

『だって悠太《ゆうた》くんも浅村《あさむら》だもの。どっちのことを言っているのかわからなくなっちゃう』

『ゆうた？　って、だれ？』

『あら？　言ってなかったかしら。浅村くんの息子さん。浅村悠太くん』

『子ども……いたんだ』

『あなたと同じ十六歳よ。誕生日も近いけど、悠太くんのほうが先だから、おにいちゃん。になるわね。悠太おにいちゃんでも、悠太兄《に》ぃでもいいけど。まあ、どっちにしろ一週間しか誕生日が違わないいんだから双子みたいなものね』

ぜんぜんちがうでしょ。血の繋《つな》がらない双子なんて聞いたことない。

『聞いてないんだけど』

『じゃあ、いま言ったってことで。来週までには会えると思うわ。それで、悠太くんも浅村だから、太一さんをお義父さんと呼ぶか、悠太くんをお兄ちゃんと呼ぶかってことになると思うの。どっちでもいいけど、よろしくね』

よろしくお願いされたあとのことはあまり覚えていない。

他愛《たあい》ない話をしてその日は終わった気もする。どっちにしろ私は、いきなり兄ができるという情報を得て混乱していた。しかも、一週間以内に会うって。そういう大事なことはもっと前もって言ってほしかった。

当日に言われるよりいいでしょ、って母に言われたときは『そんなぎりぎりになって言う人いるわけないでしょ！』って思わず言ってしまったもの。

あれからもう半年。

例えばいま、私が改めてお義父さんとの仲を「だいじょうぶなの？」と聞いたとしても、母は微笑《ほほえ》みながらやっぱり「今のところは」と答える気がする。

今の惚気《のろけ》も永遠ではない。母はそれをわかっていて、覚悟もしているのだ。

それでも私には太一お義父さんはお母さんには似合っている気がする。どこが、と言われると答えにくいのだけれど、お義父さんと出会ってから母は、張りつめていた気をすこしだけ弛《ゆる》めた気がしている。

無理に忙しく働くことをやめてくれたのは娘から見ててもありがたい。体を壊すよりもずっといいから。

母と実父は合わなかった。

十年以上、一緒に暮らしたのにすり合わせることができなかった。父は母に対して、自分が勝手に思い描いた妻の姿を見つけられなかったのだ。

母と他愛《たあい》もない話をしつつ夕食の準備をする。

そろそろお義父《とう》さんが帰ってくる頃かなっていう時間になって、浅村《あさむら》くんの部屋のドアが開いた。ずいぶん静かだったから寝ていたか、もしかしたら本でも読んでいたのだろう。浅村くんは読書好きだから。

母が声を掛ける。

「悠太《ゆうた》くーん、テレビつけてくれるー？」

「テレビですか？」

BGM代わりに映画をつけさせた。

画面はここからだと斜めになっていて見えないけれど、元気な男の子の声が聞こえてくる。クリスマスソングも聞こえてくるから、クリスマス映画かな？

そのまま浅村くんはリビングのソファに座って、なんとなく映画を観《み》ている。

横顔がここからでも見えている。

その顔を見ていたら、初顔合わせのときのことを思い出した。

緊張していた私が無理に持ち上げようとした浅村悠太像を、彼は片端から切って捨ててきた。私たちの会話を両親はハラハラして見守っていたようだけれど、自分の虚像を作らせまいとする彼の言葉は私に安心感を与えたのだ。

この人は自分に虚像を押し付けてこない人だ。

そう思ったから私は言った。

『私はあなたに何も期待しないから、あなたも私に何も期待しないでほしいの』

あの日から、私の視界の中に浅村くんが入ってきた。

ひととおりの用意を済ませてしまうと、もうやることないからゆっくりしててとお母さんに言われてしまった。

エプロンを外し、さてどうしようか。

いちど部屋に戻ると机の上に散らばったままの単語帳が目に入る。

もう授業はないから予習も必要ない。受験勉強を進めるには夕食の時間が近すぎて始めたところで終わりそう。

できることと言えば、単語帳を眺めるくらいだろうか。

携帯にイヤホンを繋《つな》ぎ、ローファイ・ヒップホップを流す。雨音のような静かな音楽が耳許《みみもと》で囁《ささや》くように鳴りだした。

単語帳を片手に部屋を出て、私はリビングに行った。

テレビからはクリスマス映画が流れているけれど、音楽を鳴らしているから映画の台詞《せりふ》や音が気になることはない。ここなら、お義父《とう》さんが帰ってきてもすぐわかる。

浅村《あさむら》くんの隣に腰を下ろして、私は単語帳をめくり始めた。

bounce　……反射する。うん、あってる。

concern　……関係する。あ、心配する、という意味もあるのか。worry もそうじゃなかったっけ？　めくる手を止めて考える。そうそう、思い出した。

前に辞書で引いたっけ。worry との違い。concern には、心配しているような事が起きないよう対策を取る、そういうポジティブな意味合いがあるとかなんとか。

心配するだけじゃなくてちゃんと対策する。大事なことだ。そこまで覚える必要があるかどうかわかんないけど。おもしろい。

consider　……consider？　ええと……「～について考える」か。

ぱらりぱらりと私は単語帳をめくる。

耳許には心地よいリズム。

浅村くんが映画をぼうっと観《み》ている横で、私は単語帳をめくりつづけた。

目が覚めてしまった理由はよくわからない。

ただ、明かりの消えた暗闇の中だったから気づけたのだと思う。

リビングで点《つ》きっぱなしの夜間照明の淡い光が隙間から漏れてきて、闇を背景にして、光が細く縦に走っていた。

扉が開いている。

「閉めたはずだけど……」

独りごちながら体を起こした。

ベッドライトを灯《とも》すと、扉のこちら側に小さな箱が置いてあるのがかすかに見えた。

「まさかのサンタ……？」

小学生の低学年の頃に騙《だま》されてあげたときを思い出した。次の日の朝に「お母さん、ありがとう」と言ったら、翌年からサンタは来なくなったけど。

布団を出てカーディガンを羽織り、置いてあるプレゼントの箱を手に取る。

あまり大きくはない。

両手のひらに収まるほどの箱だ。

リボンを解《ほど》いて包装紙を剥《は》がすと、母からの手紙と白い小箱が出てきた。

沙季《さき》へ、から始まる文章は――。

いつも支えてくれる娘への感謝と、それゆえの私の気負いに対する心配が母特有のまるっこい文字で書かれていた。肉親からの真面目な手紙というのはどうしてこう読んでいて気恥ずかしくなるのだろう――などとやや引いた目線で読んでしまっていたけれど、贈り物について触れているくだりを読んでベッドの上で居住まいを正してしまう。

小箱を開ける。

中に入っていたのはブランドもののブレスレットだった。

母の手紙に戻る。

あなたのことだから、高校を卒業したら独立する気でいるのだと思うけど――。

と書かれていて、どきりとしてしまう。はっきりと口にしたことはなかったはずなのに、母にはどうやら見抜かれてしまっていたらしい。

『そしてたぶんそうなったら、あなたは親であるわたしにさえ、お金の無心なんてしてこないだろうって思うの。頑固だし』

「あなたの娘ですから……」

私は手にした細い銀のブレスレットと手紙を交互に眺める。

『だから、これを贈ります。来年だと、もう受験でいっぱいいっぱいだろうから、まだこころに余裕のあるいまのうちに。いざとなったら売ってもいいのよ。たぶん、ひと月くらいは食べていけると思うの。そうしたら、その間にちゃんと誰かに相談して頼るのが苦手な私の性格まで把握されている。

「でもだからって、貰《もら》った直後のプレゼントを幾らで売れるかなんて考えさせる贈り主がどこにいるっていうの……」

いるけど。ここに。

母の手紙は、高校生にはちょっと高額な品になってしまったことを詫《わ》びつつ、こんな贈り物を押しつけるのは自分の我儘《わがまま》だからどうか受け取ってほしい、と結んであった。

私はため息をついた。

そう書けば、私が突っ返しにくくなることまで想定されている。

一度だけ腕に着けてから、私はブレスレットをベッドの上にそっと置く。間接照明の薄明かりの中で腕輪が銀に光っている。

指を突きつける。

「ひと月凌《しの》げるくらいで私はびびったりしない。いつか十倍にしてお母さんに贈り返してみせる」

宣言、というには覚束《おぼつか》ないぼそぼそとした声になった。むしろこれは祈りなんだろう。箱に仕舞《しま》いなおした。

売ることなんて考えない。

これは大切な人と会うときに着けよう。

上蓋を被《かぶ》せずにブレスレットを見えるようにしたまま枕元に置いた。

そのまま布団に潜りこむ。

「ありがとうお母さん」

つぶやいて、瞼《まぶた》を閉じる前にもういちどだけ箱の中の贈り物を見やる。

暗闇のなかで、銀の小さな輪の輝きが目に映る。

あの大きさだと天使の頭の上に載っかっている輪かな。あれ？　天使の輪って金色だっけ？　まあ、些細《ささい》な差だ。他愛《たあい》もない妄想を考えながら目を瞑《つぶ》る。

大切な人たちの顔が瞼の裏に次々と浮かんでは消えた。

メリークリスマス。

彼らに、どうか幸せが訪れますように――。

●12月31日（木曜日）　浅村悠太《あさむらゆうた》

鉛色の空の下。吐く息は白く、冷気に触れる頬《ほお》は痛い。

朝6時をすこし過ぎて、東のほうがほんのりと明るくなっているけれど、未《いま》だ薄暗いと言える時刻だった。

こんな早朝に出発しなければいけないのだから、東京と長野はやはり近いとは言えないだろう。観光地の軽井沢《かるいざわ》なら新幹線が通っているけれど。親父《おやじ》の実家は山奥だから。

二泊しかしないとはいえ、出かける直前というのはバタバタするものだった。

あれが無いこれが足りないとみんなで家の中を右往左往している。

こういう光景は久しぶりだ。

具体的に言うと、綾瀬《あやせ》さんと亜季子《あきこ》さんが引っ越してきたとき以来かも。あのときも家のなかを家族総出であっちに行ったりこっちに行ったりしていたっけ。

そのときほどのドタバタ感はないものの、みんな揃《そろ》って、お出かけのための——というのは初めてなわけで、これはこれで新鮮な光景だった。

俺たちの中でいちばん緊張している様子なのは亜季子さんだった。

親父たちは結婚式をやっていない。つまり亜季子さんが親父方の親戚と会うのは初めてということになる。さすがに親父の両親（俺から見れば祖父母）とは会っているけど。

でもいちど会食したきりのはずだ。

成人した男女の結婚は双方の合意のみが必要なのであって、たとえ両親であってもそれに異を唱えることはできない。いまさら「あんな嫁は認めない」とか言われても、気にする必要はない。建前と法律ではそうなっている。

だが、現実というのはどこまでも現実的なものだ。

それに、親族というのはただの知り合いよりも付き合いを切りづらい。嫌われると精神的にきつい。祖父母だろうと、いとこだろうと、親だろうと。

……義理の、妹だろうと。

嫌われてしまっても、そういう関係性のもとでは、顔を合わせることからなかなか逃げられない。

完全アウェイへと遠征することになった亜季子さんとしては、戦う前から負けるわけにはいかないと事前準備に余念がなかった。戦は既に始まっているのだ。敵地への侵攻だから、つまり攻城戦みたいなもんだろうか。

道中に必要な飲み物、お菓子、着替えに洗面道具に財布の中身、という通常の旅行準備に加えて、大事なのは実家へのおみやげだ。もちろん忘れていない。菓子折りらしき包みが三つ、三家庭分だ。大きなトランクへと収納された。

亜季子さんは、真剣な顔でメモと睨《にら》めっこしながら荷物をチェックしている。その中に、親戚の子に配るお年玉袋（いわゆるポチ袋）らしきものがチラ見えした。メモのほうには名前と金額もちゃんと控えてあるのにも気づいてしまった。

バーテンダーという接客商売を長く勤めている亜季子《あきこ》さんだから気遣いも万端にしているのだろう。会う可能性のある親戚の子の名前は、親父《おやじ》からわざわざ聞き出したものと思われる。気配りと根回しは大人の社交術だなと改めて思ってしまう。

周辺環境を整えておけば自分の行動を阻害されないで済むのだからやっておいて損はないというわけ。うんまあ、大人の振る舞いってやつか。

自分が結婚するときを想像すると、根回しというか気配りというか、同じようなことを期待されるのだと思うと、正直頭が痛い。胃も痛い。いとこたちは好きだが、それでも面倒くさいことには変わりない。

冠婚葬祭を自動的に巡回してくれるSNSアバターを誰か開発してくれないものか。

益体もないことを考えつつも手は動く。

もっとも、俺自身の支度はたかがスポーツバッグひとつぶんである。着替えの数が多いわけでもないし、忘れてはいけないものは三日分の学校の宿題だけだ。子どもの頃は本を四冊は持っていかないともの足りなかったけれど、今は電子書籍があるし。

現代文明万歳だな。

「そろそろ出るよ」

親父が言って、俺たちはマンションの駐車場へと向かった。

「四人で遠出は初めてだね」

「そういえばそうだわ」

親父が言って亜季子さんが頷《うなず》いた。

都内で生活していてほとんど車で移動する機会もない。こうして家族全員で車移動をするのは初になる。

「私も、お義父《とう》さんの車に乗るの初めて」

「安全運転だからだいじょうぶよ」

亜季子さんが言った。

亜季子さんは親父の運転する車に乗ったことがあるらしい。

マンションの駐車場を出たときには空が半分ほどまで明るくなっていた。

眠気を噛《か》み殺《ころ》しながら車へと乗りこむ。

行き先が冬の長野とあってタイヤは既にスタッドレスになっている。

関越《かんえつ》自動車道と上信越《じょうしんえつ》自動車道を経由してゆく道のりは、渋滞がなくとも雪がなくとも四時間はかかる。そして年末というのはその両方が存在する。この時間に出発しても、着くのは午後になるだろう。

だからこんなに早くから出発するんだけどね。

「たぶん、来年は僕と亜季子《あきこ》さんだけになると思うんだ。君たちは受験があるだろう？　そして大学に行ったらそれぞれの付き合いができる。もしかしたら、四人揃《そろ》って出かけることなんて、なかなかできなくなるかもしれない。だから、今年はみんなで行きたくてね。何もないところだから退屈かもしれないが……」

「来年はふたりとも受験だものねえ。早いわあ」

運転席に座る親父《おやじ》が言って、助手席に座る亜季子さんもしみじみと漏らした。

四人揃っての旅行は最後になるかもしれない、と親父は言っているわけだ。

その言葉に俺は虚を衝《つ》かれてしまった。

シートベルトを締め、後部座席に身を落ち着かせつつ、改めて考えてしまう。

最後かもしれない――か。

俺は隣に座るできたばかりの義妹の横顔をちらりと窺《うかが》う。

両の耳にイヤホンを着けて綾瀬《あやせ》さんは明るくなり始めた窓の外を見ていた。俺の視線に気づいたか、片耳だけ外して首を傾《かし》げる。ミディアムの髪がさらりと流れた。

「なに？」

どきりと心臓が跳ねる。

「あ、いや……。朝早かったからさ。眠くない？」

「そう……だね。ちょっと眠いかも」

声を聞きつけた親父が背中越しに言う。

「眠たかったら寝てていいんだよ、沙季《さき》ちゃん」

「ありがとうございます。まだ、だいじょうぶ、です」

綾瀬さんはふたたびイヤホンを着けて音楽の海に浸りこんだ。窓の外へと顔を向け俺のほうは見ない。肘同士が付くほど身近にいるのに距離が遠かった。ちょっと寂《さび》しい。

いや落ち着こう。むしろこれでいいはずだ。

俺と綾瀬さんは高校生の兄妹《きょうだい》でもあるわけで、生活空間を親と共有している。この状況で、兄と妹の枠を超えた行為をするわけにもいかないし、その気配を気取られるわけにもいかない、はずだ。

ドアを閉めれば路面を叩《たた》くタイヤの音も風の音も気にならないほどに小さくなる。ゆるく震動するシートは眠りに誘う1／fゆらぎを与えてくる。

瞼《まぶた》が徐々に重くなり、うとうとしつつも、ときおり亜季子さんや親父と会話しながら俺はなんとか起きていた。

渋滞を交えつつ、大泉《おおいずみ》のジャンクションから関越《かんえつ》自動車道へと入る。

そのまま延々と埼玉県を北上していく。

車の中では、主に会話をしていたのは親父と亜季子さんだ。会話の内容は他愛《たあい》もない生活のあれこれに関することで——。亜季子さんの手料理の話とか。「美味《おい》しかったよ」「また作りますね」とか。いやいつも話してることじゃんか。

俺としてはたまに相槌《あいづち》を打ったりする程度で、会話に参加しているわけじゃなかったけれど、それでも亜季子《あきこ》さんがかなり緊張していることを感じざるを得なかった。たぶん親父《おやじ》も気づいてる。

再婚の妻という立場はやはり気を遣うものらしい。

親戚の目、か。

たとえば俺と綾瀬《あやせ》さんの関係をカミングアウトすることになったとする。親父と亜季子さんにどう打ち明けたら気まずくならないだろう？

現実的な判断としては、高校に通う間は親元から学校に通うことになるだろうし。となると、毎朝、親父たちとは顔をあわせるわけで……。顔をあわせざるを得ない相手と気まずい状態になるなんてきつい。考えたくもない。けどだからといって、綾瀬さんとの関係をやめるなんてことは考えられない。

好きになってしまった相手をそんなに簡単に諦められるか？

向こうから嫌われたならしかたないけれど。

と、そこまで考えて俺は今まで想像もしたことのなかった可能性に気づいてしまった。

もし、俺と綾瀬さんの関係が途中で終わってしまったら？

それでも俺と彼女は兄と妹であり続けるんだ……。関係性は消えない。例えば、その後どちらかが他の誰かと結婚したとしても。

俺は兄であり、綾瀬さんは妹だ。少なくとも理屈の上ではそうなるし、俺の親族も綾瀬さんの親族も俺たちが兄と妹であると見なすだろう。

親父と亜季子さんが別れたら話は別だろうけど。

何を考えているんだろう、俺は。縁起でもない。

頭を左右に振る。

「どうした、悠太《ゆうた》。酔ったか？」

「だいじょうぶ。ちょっと、ヤなことを思い出しただけ」

「宿題を忘れたとか？」

「……それはちゃんと持ってきてるから」

息子が思い出すヤなことのトップを宿題だと思っているのか、親父は……まあ、まさか恋愛関係とは思わないか。

それも息子と義理の娘の。

また勘違いされるかもしれないため息を「はあ」と吐き出した。

相変わらず隣に座る綾瀬さんは窓の外の景色を眺めている。

外はすっかり明るくなっていて、渋谷《しぶや》の林立していた高層ビル街から徐々に建物の数も少ない自然の多い風景に切り替わっていた。

高速道路の左右は枯れた木々や土の見える田んぼが延々と続く。夏ならば緑鮮やかな風景だろうけれど、今は黒と茶色の冬景色へと衣替えしている。

遠くの山々は白の雪化粧だ。

二時間走って、サービスエリアで休憩した。


北へと行くにつれて、周りの風景がこげ茶から白とこげ茶のまだら模様へと変わる。

「雪が残ってる」

「残ってるというか積もってるわね」

「そりゃ、長野だからね」

親父《おやじ》が言った。

俺は亜季子《あきこ》さんに尋ねる。

「亜季子さんは冬の長野は初めてですか？」

「若い頃にいちどだけスキーに来たことがあるわよ」

「滑れるんですか」

「転がっても下まで行けることを滑れると言っていいなら、滑れるわ」

それ、滑れてないよね……。

「太一《たいち》さんは滑れるの？」

「僕？　もちろん。僕は大学に行くまではこっちが地元だもの」

「親父、スキーできたのか……」

意外だ。

車がトンネルに入り、抜ける。

その度に風景はより閑散としていく。

山間の村は戸数も少なく、平屋が多く、家と家の距離も遠い。

長いトンネルを抜けたところで、親父が「佐久《さく》を越えれば小諸《こもろ》だよ」と言った。

別れた北陸新幹線と、俺たちの走る上信越《じようしんえつ》自動車道がふたたび出会うのは、軽井沢《かるいざわ》の先にある佐久ＩＣ《インターチエンジ》あたりになる。その先が小諸、長野ときて、親父の田舎はさらに奥。

と、地名を並べられても分からないだろうけれど。まあ、俺もいちいち覚えていたわけじゃなくて、親父がひとつひとつ亜季子さんに説明しているから聞こえてくるだけだ。

ふと隣を見れば、綾瀬《あやせ》さんが、わずかだけれど体を起こして先ほどまでよりも熱心に窓の外を見つめている。

「なにか気になるものでもあるの？」

俺が綾瀬さんに尋ねると、綾瀬さんはまるで隣に俺がいることにいま気づいたかのように振り返る。

「ええと、別にその。何かがとくに在るわけじゃなくて、ほら——ああいうの」

車の右側を指さした。俺は首を振って指さしたほうを見る。

対向車線の向こう側、白い化粧に染まる田んぼの風景のなかにぽつりと平屋の民家が建っていた。瓦屋根の一軒家。山間から抜けたところにその建物だけが白い景色の中で存在感を放っている。

「あの古い建物?」

「そう。けっこう古いよね、あれ。古民家って言うんでしょ、ああいうの」

「だね」

たしか築五十年が経《た》つと、古民家と呼ばれる。

言葉のイメージからは歴史的な建造物っぽく感じるけれど、五十年前だと、一九七〇年頃に建てられたってことで、つまり戦争もとっくに終わってさらに四半世紀経っている。歴史的には最近の建物になるのだけれど、定義上は築五十年は古民家になる。

「さっきの家は古民家のなかでも古そうだね」

高速道路から見る車窓の景色はあっという間に飛び去って、ひたすら枯れ木の立ち並ぶ風景に切り替わっている。

それでも同じような造りの建物がぽつりぽつりと左右に登場する。

「ほらほら。ああいうのも、たぶん、もっと古いと思う」

「衛星のアンテナは立ってるけど」

「あんてな？　……よく見てるね」

「興味を持つところの差じゃないかな」

窓の外に突き出すようにして、3万6千キロの上空から降り注ぐ衛星電波を受信するための白いパラボラアンテナがくっついている。

俺たちの会話を聞きつけた親父《おやじ》が言う。

「このあたりは周りがぜんぶ山だからねえ。携帯も高速回線は山間《やまあい》だと入らなかったりするよ。テレビを見たければ、ケーブルか衛星に頼ることになるね」

俺は頷《うなず》いた。

「風情はなくなるけど」

「住んでいるんだったらそうなりますよね」

「そうだね。僕が子どもの頃はインターネットに繋《つな》ぐのも大変だったけど、今はもうそこはあまり都会と変わらないよ」

「ですよね」

「ああいうの好きなの？」

俺が尋ねると、綾瀬《あやせ》さんは頷いた。

「古い造りの家とか、神社とかお寺とか、そのままの形で残っているのを見るのは好き」

「お城とかも？」

「そうそう。石垣とか」

「石垣？　……石垣だけ？」

綾瀬《あやせ》さんが頷《うなず》いた。なぜかちょっと嬉《うれ》しそうだ。

「古いお城だと、お城そのものはなくなっちゃって、石垣だけ残っていたりするの。石垣だけとか、お堀だけとかもある。柱だけとか。柱の立っていた跡だけとか」

「見て面白いものなの？」

「うん。面白い。石垣とか、石の積み方を見れば、ある程度までの造られた時代がわかるって言われてる。だから見る人が見れば、石垣を見ただけで色々なことがわかる。その話を知ったとき、すごいって思った。消えちゃったように思えるものが見える人がいるんだって」

「そもそも積み方にちがいがあったなんて知らなかったよ」

「そう？　教科書に出てこなかったっけ？　……出てこなかったかも。私、そういうのは写真集とか見てて覚えちゃったこと多いから。動画とか」

「動画もあるんだ」

「あるよ。『日本の城』とか検索してみれば山ほど出てくるから。私、あまり他の動画とかは見ないんだけど、そういうのは昔から見ちゃう」

「もしかして、日本史とか好きだったり」

頷かれた。

そういえば、と思い出す。綾瀬さん、日本史のテストだけは、前回も前々回も100点だったっけ。歴史好きだったのか。意外なような、そうでもないような。

ふたたび窓の外へと顔を向けながら綾瀬さんがつぶやく。

「だから、ああいう古い建物を見るのは好き。古い建物には古い記憶が残っているから。ここあたりにくれば見れるってわかってた。だから、ちょっと楽しみで」

まあ確かに、渋谷《しぶや》だと、古民家は少ないか。

長野は……。そういえば島崎藤村《しまざきとうそん》の詩にあったじゃないか。国語の教科書にだってしばしば出てくる。

『小諸《こもろ》なる古城のほとり　雲白く遊子《ゆうし》悲しむ』

窓の外の白黒の風景が、一瞬、色褪《いろあ》せてセピア色になった写真のように見えた。

車はますます人里離れた山の中へと入っていき、まばらに点在していた建物さえ雪景色の中に消えゆく。小諸から長野市を越えて高速を降り、さらに山奥へ。左右にうねる山道を延々と走って辿《たど》りついた先は、開けた盆地になっていた。

大きめの平屋が見えてくる。

駐車場というものはなく、建物の前が広い庭になっていた。そこだけは雪掻《ゆきか》きされていて土がむき出しになっている。

親父《おやじ》は庭の片隅に車を停《と》めた。

「着いたよ」

全員がひとまず車から降りる。冷たい空気に体が震えた。あたりには雪が積もったままで、雪掻《ゆきか》きされていなければ都会の靴では沈んでしまうところだったろう。吐く息が白い。寒さで頬《ほお》が痛くなってくる。ぴんと空気が張り詰めていた。

「お庭、広いですね」

降りてきて空に向かって伸びをしながら綾瀬《あやせ》さんが言った。

親父が答える。

「庭というか、何も建ててないだけなんだけどね。まあ、土地だけはあるからねえ」

「立派なおうち」

目の前の、平屋の日本家屋を見つめながら綾瀬さんが言った。

「古いことは古いよ。僕の祖父が建てたらしいから」

瓦屋根の建物は築五十年は楽に超えていて、つまり綾瀬さんの好きな古民家にあたるのだった。

「すごい……」

「中はそれなりにリフォームしてあるからね。そこまで不便はないと思うよ。っと、沙季《さき》ちゃん、亜季子《あきこ》さんも、寒いからさっさと中に入ろうか」

「はい、太一《たいち》さん」

「荷物は運ぶから、親父」

「ああ。じゃあ、手分けしようか」

重い荷物は俺と親父が抱える。親父が先頭に立って玄関へと向かう。隣で亜季子さんがいつにない硬い表情をしていて俺と綾瀬さんは並んでふたりの後を付いていった。

あんなに朝早く出たのだが、太陽はもう南を通り過ぎて西へと向かって滑りつつあった。

白い息を吐きながら綾瀬さんは親父の実家をしげしげと眺める。

――古い建物を見るのは好き。

――古い建物には古い記憶が残っているから。

綾瀬さんは親父の実家を見て、はたして何を見つけるんだろう。


「ただいまあ」

玄関を開けた父が奥に向かって叫んだ。

ただいまの言葉を聞くたびに、ここが父の生まれ育った家なのだと実感する。

「はあい」と声が返ってきて、とたとたというゆっくりした足音が近づいてくる。

顔を見せたのは父の母、つまり祖母だ。

「おかえり、太一。佳奈恵《かなえ》たちもさっき着いたのよ」

そう言って祖母は柔和な笑みを浮かべる。まだ背も曲がっておらず、声も元気だ。変わってないなと俺は思う。すこしほっとした。

親父《おやじ》が頷《うなず》き、脇に立っていた亜季子《あきこ》さんがお辞儀をする。

「お邪魔します、お義母《かあ》さん」

「はいはい。亜季子さんもおひさしぶり」

祖母の笑みに固まっていた亜季子さんの表情がわずかに和らいだ。それから隣に立っている綾瀬《あやせ》さんの背に軽く手を回す。

「あの……、娘の沙季《さき》です」

「沙季です」

すっと一歩前に出ると、綾瀬さんは深々とお辞儀をした。

祖父母と父たちの会食は平日だったから、俺も綾瀬さんも出ていない。だから綾瀬さんにとっては祖母に会うのは初めてになる。

「はい。いらっしゃい。会いたかったわよ、沙季ちゃん」

「よろしくお願いします」

「ええ、ええ。自分の家と思って寛《くつろ》いでね。さあ、あがってちょうだいな。みんな居間にいるから。お茶も出しますからね」

「あ、わたしも手伝います」

亜季子さんが言った。

祖母が一瞬迷ったような表情をしてから、「そうね」と言った。

「でもまずお部屋に案内しましょうね」

「はい」

玄関で靴を脱ぎ、俺たちは板張りの廊下を祖母の案内のもとに進む。まあ、俺にとっては何度も訪れた家なわけで、居間と言われればどこだかわかるわけだが。

廊下にあがるところで綾瀬さんが小さな声でつぶやいた。

「三和土《たたき》だ……」

ちょっと感動したような声。俺ははてなと首を傾《かし》げ、それからもしかしたら綾瀬さんは初めて土間を見たのかもしれないと理解する。いや、見たことくらいはあるかも。実感するのが初めてとか？

日本家屋というのは地面に接して造らずに床をちょっと上げて隙間を作る。そこに風を通すためだ。湿度が高いこの国では、そう造らないと木造建築はすぐにダメになってしまうわけだ。

地面と建物の床の高さが異なるわけで、古い家屋だと入り口の部分だけは地面と同じ高さになっていて、そこで履物を脱いでから床に上がる。この、建物の内側なのに地面と同じ高さの部分を土間と呼ぶ。

土間の部分がしっくいなどで固めてあれば三和土《たたき》。

でも、と俺はふと思った。こういうのってもしかしたら綾瀬《あやせ》さんのほうが詳しいんだよな。日本史100点取るくらいだし。

綾瀬さんは廊下を進みながらも、建物のあちらこちらに視線を走らせている。

玄関から上がった廊下はすぐに突き当たって左右に分かれた。

左に歩けば炊事場。

けれど、祖母はそちらには行かずに右手に曲がる。すると、回り込むようにして廊下がそのまま縁側に化けた。右手の雨戸はぜんぶ戸袋の中に入れられていて庭と直《じか》に接する状態になっていた。一見すると濡《ぬ》れ縁《えん》に見えるけれど、戸袋の中に入っている雨戸をぜんぶ閉めればちゃんと廊下に戻る。

西に傾きつつあるお日様の光に照らされて廊下が光っていた。

「広い……」

綾瀬さんのつぶやきが漏れる。

左手は襖《ふすま》で仕切られているけれど、縁側から見えているだけで三部屋ある。居間として使われているのは真ん中の部屋だ。手前は祖父母たちの寝室になっていて、奥は、親父《おやじ》の兄夫婦の部屋になっている。太一《たいち》という名前だけれど、親父は次男なのだ。

見えていないけれど、奥（北側）にはさらにもう三部屋あって、そこが客間として割り当てられていた。

わはは、という笑い声が襖の向こうから沸き起こった。

「おやおや。賑《にぎ》やかさんだこと」

苦笑しながら祖母が襖をからりと開ける。

広い和室だ。すでに浅村《あさむら》家の一族が集まっている。祖父と長男である親父の兄（つまり、俺から見れば伯父だ）を始めとして、ごちゃっと大人数が車座になって座っていた。十畳の部屋が狭く見える。ローテーブル――要するにちゃぶ台を二つ出して、そこに飲み物やらお菓子やらを積んでいた。

「太一が来ましたよ」

「おう！　ようやっと来たか。東京は遠いなあ」

大きな声で言って老人が立ち上がる。祖父だ。額はすっかり広くなっているし、髪は真っ白になっているけれど、元気な声は相変わらずだった。

「亜季子《あきこ》さんも久しぶりだ。元気だったかい？」

「はい。おひさしぶりです。お義父《とう》さん」

そう言って頭を下げる亜季子さんに部屋中の視線が集まっていた。

うわ、これはプレッシャーだな。

この中で亜季子さんと面識があるのは祖父と祖母のふたりだけ。伯父と伯父の嫁とその息子、そして、叔母と叔母の旦那とその子ども（こちらはしかもふたり）の七人とは初顔合わせになる。

……あれ？　ひとり多い。部屋の中に見慣れない女性がいる。

「はいはい。挨拶は後でゆっくりしましょうね。亜季子《あきこ》さんたちは疲れてるんですから、まずはお部屋に案内してきます」

「お、おう」

亜季子さんとの間に割って入って祖母がとりなした。見慣れない女性のことは気になったけれど、俺たちは軽く会釈を交わしただけで部屋を辞して祖母の背中を追う。そのまま廊下を進んで回り込むようにして奥の部屋のひとつへと案内された。

「今年はこの部屋を使ってちょうだいな。お布団もちゃんと用意してあるからね」

「ありがとう、母さん」

親父《おやじ》が言った。

与えられた客間は和室の八畳で、部屋の片隅に寄せて布団が四つ準備されていた。

畳の匂いを強く感じる。普段は使われていないからだろうか。

これから二日間をここで寝泊りすることになる。

ん？　ここで？　一家四人が？

そのことに気づいて心臓が跳ねる。ってことは、ええとちょっと待って、今さらだけど。

俺たち四人で、というか綾瀬《あやせ》さんも同じ部屋に寝泊りするの？

「ごめんなさいねえ、今年は子どもたちだけの部屋って用意できなくて、実はね――」

祖母が話し出したところを遮るように、襖《ふすま》の向こうから声が掛けられる。

従兄弟《いとこ》の幸助《こうすけ》さんの声だ。

親父の返事に応じて襖が開いた。予想通り。現れたのは俺の八つ上の従兄弟だった。

一昨年《おととし》大学を卒業して、社会人になっている。

幸助さんは隣に女性を連れていた。先ほど居間にいた見慣れない人。たぶん幸助さんと同じくらいの年齢の、おとなしい感じの。

「うん？　幸助君、どうしたんだい？」

「あ、ええとですね。ちょっと紹介したい人が――」

言いながら隣の女性を促すと、彼女はぺこりと頭を下げた。セミロングの髪がさらりと流れる。渚《なぎさ》、と名乗った。

実は結婚したんです、と照れながら幸助さんは紹介した。

「おお、そうかあ！　おめでとう幸助君！」

親父の祝福に幸助さんが微笑《ほほえ》む。

俺はといえば驚いて口をぽかんと開けていた。

昨年まではそんな人がいるそぶりさえなかったのに。

聞けば、渚《なぎさ》さんは幸助《こうすけ》さんのひとつ下、大学のサークルで知り合ったらしい。つまり、どう考えても交際歴三年以上にはなるということで……。

いや、けっしておかしくはない。おかしくはなかった。俺よりも八つも上で、二年前に大学を卒業して社会人になってるんだから。

まあ、八つ下の従兄弟《いとこ》に自分の恋愛話なんてしゃべらないか。

親父《おやじ》のほうも亜季子《あきこ》さんと綾瀬《あやせ》さんを呼んで幸助さんに紹介した。初めましてよろしくと双方が挨拶をする。

幸助さんが綾瀬さんのほうを見てから俺を見た。

「そうか、妹ができたんだね、悠太《ゆうた》」

「あ、はい」

「なーんだ、てっきり悠太も結婚したのかと」

冗談だとわかっていたが、頭の中は一瞬だけ真っ白になっていた。いや、ええと、俺と綾瀬さんが……結婚？

「そんなわけないでしょ。俺まだ高校生ですよ」

辛うじて声に動揺は出さなかったと思う。親父と亜季子さん、綾瀬さんまでいるところでなんてことを言ってくるんだ。

そういえば幸助さんは、昔からこういうからかいをしてくる人だった。

「もちろん、冗談だよ？」

「わかりますけどね」

……でも、幸助さんが結婚かぁ。

目の前の従兄弟が一気に大人になってしまったような感覚に襲われた。

荷物を部屋の隅に寄せながら俺は尋ねた。

親父は亜季子さんを紹介するために居間に行ってしまい、残っているのは俺と綾瀬さん、そして幸助さんと渚さんの四人だけ。

「幸助さん、サークルなんて入ってたんだ」

「あんまり熱心とは言えなかったけれどね」

「でも、幸ちゃんがいちばん滑るの上手《うま》かったですよ」

謙遜する幸助さんを、渚さんがすかさずフォローする。結婚したばかりなのに、もう息が合っている。むしろ息が合ってるからこそ結婚したってことだろうか。

「滑る？」

「ああ。スキー愛好会だったんだよ。ま、滑れるって言ってもなあ。こっちじゃあ大して上手いほうにもならないさ」

「長野の人って、みんな滑れるんですか」

珍しく綾瀬《あやせ》さんが会話に割って入ってきた。いつもなら他人の会話に口を挟むようなことをするタイプじゃないのに。

「まあ、雪のない地方の人たちよりは滑れるかな」

「そこで渚《なぎさ》さんと？」

俺が尋ねると、幸助《こうすけ》さんと渚さんはふたり揃《そろ》って同時にごにょごにょ口を濁した。

なんだろう。

八歳上の従兄弟《いとこ》に目の前で照れられると、こっちのほうが恥ずかしくなるんだが。

「いやええと……そうなんだが」

「ね」

なにかふたりだけで通じているぞ。

探るような視線を送ると、渚さんが馴《な》れ初《そ》めを話してくれた。

「わたし、ちょうどスキーをやってみたいと思ってたところで。それで、幸ちゃんが滑れることを知ってたわたしの友人がセッティングしてくれて」

「そんなこと知らずに食堂に連れ出されたんだけどね」

「幸ちゃんの友人もわたしの友人も、『幸ちゃんはすっごくスキーが得意だから教えてもらえば？』って紹介しようとしてくれたんですけど——」

「知ってれば、それなりに応対したさ」

「そうかなあ」

渚さんの目許《めもと》が笑っていた。うそばっかり、とか、そんな感じ。

「どんな対応だったんですか？」

「友人が一生懸命持ちあげようとしてるのに、ものすごく素っ気なくて。『僕くらい誰でも滑れる』とか『重力に逆らわなければ坂なんて勝手に滑り落ちていくんだからバランスさえ取れれば問題ない』とか」

「なるほど」

「塩対応だったの」

「だからごめんって……」

「なんか出会ったばかりなのに嫌われちゃったのかなって」

「教えてほしいならそう言っておいてくれれば、僕だって！」

「そう言ってくる子だったら、誰でも丁寧に教えちゃうんだ？」

「う、ぐ。そ、そういう意味じゃなくてね――」

くすくすと笑う渚さん。

幸助さんが弁解を口にする。

「過剰に褒められるのに慣れてないんだってば」

「幸ちゃんは、もっと自分に自信持っていいですよ。それにね。却《かえ》ってそれで興味を惹《ひ》かれたんですから」

「えっ、そうなんですか」

意外だったので思わず割りこんだ。

「ええ。自分を現実の自分よりも大きく見せようとしないところが良かったっていうか。正直な人だなって思ったの」

「ええと……ありがとう」

「ふふ」

清々《すがすが》しいほどの惚気《のろけ》だった。

しかし、大学二年からの付き合いだと、そろそろ六年か。けっこう長いのに、付き合いたてのカップルのような甘さだ。

この半年、目の前で親父《おやじ》と亜季子《あきこ》さんのメイプルシロップに生クリームをぶちこんだような惚気行動を見せられていたのでいい加減に見慣れたと思っていたが、そんなこととは無縁だと思っていた従兄弟《いとこ》が似たような、というかもっと率直なことをしていると、まだ上があったかと――あれでも子どもの前で控えてたんだな、親父たちは。

「わかる……」

ぼそっと聞こえるか聞こえないかの言葉が耳に入った。

いつの間にか身を乗り出すようにして俺の隣で話を聞いていた綾瀬《あやせ》さんだった。

何がどうわかったのかわからなかったけれど、俺が見つめると、ふいっと綾瀬さんは視線を逸《そ》らせてしまった。

「でも、結婚って、急に決めたの？」

俺は幸助《こうすけ》さんに視線を戻して尋ねた。

親父さえ知らなかったのは何故《なぜ》だろう。ふつう結婚を知らせる葉書くらいは出すもののような。

首を傾《かし》げていたら「式はまだなんだ」と幸助さんが言った。半年以上先になりそうだと。つまり正確に言えば「籍を入れた」ということらしい。親父と亜季子さんと同じだ。

「式、しないの？」

「そういうわけじゃないよ。やりたいとは思ってる。というか、ほんとうはプロポーズももうすこし後にするつもりだったんだ」

「ええ？」

一瞬、ちらりと渚《なぎさ》さんのほうを窺《うかが》ってしまった。女性にとって結婚を先延ばしにしたいなんて言われるのはちょっとイヤなんじゃ、なんて気を回してしまったのだけど。

渚さんのほうは気にした様子もない。おや、と思っていると。

「ただ、ええと……。まだ父さんたちにしか言ってないんだけど、どうも海外勤務になりそうでさ」

「海外!?」

「そう。今のところ、まる二年くらいの予定」

「いつからですか?」

「春」

「すぐじゃないですか!」

「だから、今からじゃ式場の手配も大変なんだ。手続きも膨大だしね」

「そもそも取れないのよね……いちおう探したんだけど」

「半年前には決めてくれって言われたんだ。今からだと夏以降になるって」

「そう……なんですか?」

リアルに考えたこともないから、もちろん調べたこともない。

想像すらできないわけで。

「はい。いえ、選ばなければどこかは空いてるかな。でも、幸助《こうすけ》さんのおうちって親戚も多いから、みんなが集まれる日で、集まりやすい場所でなければいけないでしょう」

「そういう場所はもちろん予約も殺到する。それに、渚《なぎさ》の好みもあるし。男は和式だろうと洋式だろうと気にしないけどさ。女性はドレスか白無垢《しろむく》かで好みが分かれるし」

「わたしの我儘《わがまま》みたいに言われるのは心外ですよ」

「ごめんごめん。そういうつもりじゃないよ。まあ、でもいちど向こうに行ってしまうと二年で済むとも限らなかったし」

「待つのはイヤです」

渚さんはおとなしく見えたけれど、感情ははっきり口にするタイプのようだった。そこが幸助さんには合ってたのかなあ、なんて思ってしまう。この年上の従兄弟《いとこ》はあまり相手の感情を読み取ることに熱心な性格じゃないから。

「だから、籍だけでも入れておこうっていう話になったんだ。一緒に付いてきたいって言うしね。幸い、会社からも単身赴任じゃなきゃダメとは言われてないし」

「ふたりで海外ですか。……籍、いつ入れたんですか」

「24日」

「へ？　え、まさか今月の？」

「そう」

そりゃあ、知らないわけだ。

「半年前から一緒に暮らしてるから、その日は手続きをしただけの日になるけどね。記念日は忘れないほうがいいって言うから」

「幸ちゃんは平気で忘れますから。言っておかないとわたしの誕生日だって忘れます」

「それはさすがにない」

「えぇ？」

「信じてくれってば」

ほんと仲が良いな、このふたり。

「さて、と。じゃあ、悠太《ゆうた》。俺たちは向こうに戻ってるから」

「あ、はい。俺たちも――」

一緒に行きますよ、と言おうとしたときだ。

どたどたという足音とともに襖《ふすま》が開いて、「ゆうちゃ～ん、あそぼ～！」という声とともに子どもがふたり入ってきた。

音を立てるほど激しく開かれた襖の向こうから、小学生ほどの子どもがふたり駆けこんできた。

そのまま遠慮なくふたりとも俺に体ごとぶつかってくる。

「ゆうちゃん、ゆうちゃん！　あそぼ！」

「あそぼ～」

一気に賑《にぎ》やかになった。

「拓海《たくみ》、美香《みか》。ひさしぶり」

言いながら腰に抱き着いている小学生ふたり組をよいしょと抱える。会うのは一年ぶりだけれど大きくなったなあと思う。年上の男の子のほうが拓海、女の子が美香といって、ふたりとも親父《おやじ》の妹の子どもだった。俺から見れば、従弟妹《いとこ》ということになる。拓海のほうが美香よりも二つ上だ。

「ねえねえ見て見て、ゆうちゃん！　ほらこれ。怪獣もらったんだ～」

「もらった～かいじゅ～」

「ちがうだろ。みかがもらったそれはゆびわ。怪獣はこっち！」

ソフビの怪獣を高々と掲げながら拓海が言った。

兄の掲げるおもちゃの怪獣人形を見上げながら美香は自分の持っているおもちゃの指輪を同じように天井に向かって突き上げる。指輪といっても大人のするような本物じゃなくて、プラスチックでできたボールほどもある大きなやつだ。宝石にあたる部分に魔法陣らしきものが描かれている。なにかのアニメのアイテムかもしれない。俺は詳しくないが丸《まる》なら知っていそうだ。

「じゃあ、これは、ゆびわかいじゅう」

「なにそれ！　まあいいや。ねえ、ゆうちゃん。あそぼ！」

「あそぼ～」

「ちょっとまってちょっとまって」

子どもってほんと突然だ。

「ねー、このキレイな、おねえちゃんだれー？」

くっついている美香が俺に問いかけてきた。

「綾瀬《あやせ》さんだよ」

答えてから、気づいた。

これでは彼らにはわからない。苗字《みょうじ》を旧姓のままにしているというのは実生活上の都合であって、親戚たちには、綾瀬さんは浅村沙季《あさむらさき》と紹介しているからだ。親父《おやじ》の生まれ故郷であるこのあたりでは古い考えが残っている。まだまだ家族の姓が揃《そろ》っているのが当然と思っている人たちはいるのだ。

俺が綾瀬と呼んでしまうと、家族になることを拒否しているように見えないか？

だからこの場合は、「妹の沙季だよ」と紹介するほうがいい。呼び捨てに抵抗があるなら「沙季ちゃん」とかでも——いや、無理。主に俺が。

くるりと美香《みか》は振り返った。

そのままぴっと幸助《こうすけ》さんと渚《なぎさ》さんを指さす。

「こーちゃんとなーちゃん！」

「はいはい。でも、人を指さしちゃだめだよ、美香」

頭を撫《な》でながら幸助さんが美香に言った。

「ん。わかった」

くるっと今度は俺のほうを見る。

「ゆーちゃん！」

「あ、うん。こんにちは」

「で、えーと。……あや……あーちゃん！」

「え、あ。はい？」

綾瀬さんは困惑したように疑問形で返してしまう。

ちがうの？　と言いたげに美香が首を傾《かし》げる。ちがう。そもそも「綾瀬」は苗字であって名前ではない。けれど、今さら美香に「綾瀬沙季」あるいは「浅村沙季」だよ、と紹介してもより混乱するだけじゃないだろうか。

それに「あーちゃん」なら、なんとなく名前を呼んでいるように見えないか？

我ながら姑息《こそく》な解決策だと思いつつ、これなら綾瀬さんと呼び続けても、不自然だけど不自然ではないのでは。

「ねえねえ。ゆーちゃん」

「ん？」

「あーちゃんはゆーちゃんの、おともだち？」

「綾瀬さんは俺の妹だよ。新しく妹になったんだ」

美香が首を傾げた。

よくわからないという顔。

「みか、かあさんが言ってたろ。たいちおじさんはけっこんしたんだって」

「けっこんすると、いもうといるの？」

俺は苦笑してしまう。なんと言ったら理解してもらえるだろうか。

考えてみたけれど、うまい説明を思いつけそうにない。仕方なく俺は話題を逸《そ》らすことにする。そういえばと、懐かしく思い出すのは小学生の頃の自分だ。俺自身、幸助《こうすけ》さんにはこうして遊んでもらったっけ。小学生の、それも高学年の頃……拓海《たくみ》ほどの年齢になったあたりでもう母は俺に構ってくれなくなった。

正月のわずか二日間ほどでも、幸助さんに遊んでもらえるのは俺にはとても嬉《うれ》しいことだった。

「拓海、美香《みか》。何して遊ぶ？」

「『ゲーム！』」

ふたり揃《そろ》って同じ単語を叫んだ。

「ゲームかあ」

ここで言う『ゲーム』は、お正月定番の双六《すごろく》や福笑いなどではなく、もちろんカルタや百人一首でもなく、ボードゲームでもなくて、当然のようにコンピュータゲームのことだ。

さすがデジタルネイティブ。

「ぼく、おかあさんに借りてくる！」

拓海は部屋から飛び出していった。

兄の後を追おうとして慌てた美香が転びそうになる。俺はとっさに彼女を支えた。そのまま手を引いてやる。

全員でいちど居間に戻った。

拓海がゲームをしたいと母親に告げる。携帯にも据え置きにもなるゲーム機を持ちこんでいるらしい。俺たちはゲーム機を持ってテレビのある部屋へと移動した。

おとなたちの四方山話《よもやまばなし》に交ざれと小学生ふたりに言っても飽きてしまうのはわかっている。自分もそうだったし。

幸助さんに手伝ってもらいつつ、セッティング。コントローラーが四つだから、四人まで同時に遊べる。

「悠太《ゆうた》、ふたりの相手をお願いできる？」

幸助さんに言われて、俺は頷《うなず》く。

そして幸助さんと渚《なぎさ》さんは、おとなたちのいる居間に戻っていった。もしかしたら結婚式の相談とかがあるのかもしれない。

幸助さんと渚さんが部屋から立ち去り襖《ふすま》が静かに閉まる。

俺と綾瀬《あやせ》さんは子ども部屋に残った。

「ゲーム、しよ！　ゆうちゃん！」

「お、おう。ええと……なにする？」

機体を起動させ、ゲームを探す。

綾瀬《あやせ》さんも含めて四人で盛り上がれそうなものはないかと探して、ひとつのタイトルを見つけた。

「これがいいか……。拓海《たくみ》たちはこれでいい？」

そう尋ねると、案の定、ふたりとも元気に頷《うなず》いた。

俺自身はそこまでゲームに詳しくはないんだが、このゲームはかつて丸《まる》から教えられて遊んだことがあった。

「じゃあ、綾瀬さんも。ほら」

「えっ。でも、私はこのゲーム、知らないんだけど」

「簡単だからだいじょうぶ。それに、このゲームは対戦じゃなくて協力プレイだから」

拓海たちがゲーム機を持ちこんでいなければ、俺のタブレットを貸し出していたところだ。でもこうして大きな画面を前にして一緒に遊ぶほうがやはり盛りあがる。

ゲームを起動させる。

画面の中に小さな四人の料理人が現れた。このちび料理人たちを操って、お客の注文通りに料理を作っていくというのがゲームの流れだ。

もちろん簡単じゃない。注文には時間制限があるし、調理場は変形する。けれど、四人がうまく協力しあえばクリアできるようになっている。パズルでもあるしアクションでもあるゲームだ。

テレビの前に座って俺たちは遊び始めた。

画面のなか、俺たちの操るちび料理人がちまちまと動き始めた。野菜を切り、肉をフライパンに放り込んで焼く。飛び交う注文、飛び交う皿と料理。聞こえてくるのは、料理が遅いという客たちの不満の声だ。

さすがに小学生ふたりは遊び慣れているらしく手際がいい。互いに指示を出し合いつつどんどん進めていく。俺や綾瀬さんは彼らの指示に付いていくのが精一杯だ。

「あーちゃん、あーちゃん！」

美香《みか》が綾瀬さんに呼びかける。どうやら、拓海も美香も『あーちゃん』呼びが定着したようだ。

「な、なに？」

「おにく、燃えちゃうよ！」

「えっ」

綾瀬さんの操る料理人がフライパンに辿《たど》りつく前に炎がぼんっと燃えあがった。

「あああ」

加熱しすぎると遠慮なく食材は燃える。放っておくと調理場も燃える。

慌てた声を出す綾瀬さんが見れて貴重だな、などと感動している場合ではない。普段はドライで落ち着いている綾瀬《あやせ》さんがすっかりパニックになっていた。

「落ち着いて、綾瀬さん！」

「これ、どうすれば――」

燃えている調理場の炎は消火器で消すことができる。まあ、燃えてしまった料理は作り直すしかなくなるんだが。

残念ながら時間切れになってステージクリアできなかった。

「ごめんなさい」

「あーちゃん、おりょうりへた？」

「いやいや、美香《みか》。綾瀬さんは料理は得意だよ。これはほら、ゲームだからであってね。大丈夫、綾瀬さん。次は頑張ろう」

「そこまでフォローされると、かえって傷つく」

「ええ!?」

そんなつもりは――。

「いやでも綾瀬さんが料理上手なのは事実だし」

「肉燃やして、調理場も燃やしたけど」

「それゲームだから」

「負けないから」

「慣れればこっちの料理も俺より上手《うま》くできると思うよ。慣れてないからだよ」

「悔しい」

こんなにムキになる綾瀬さんは初めて見るかもしれない。負けず嫌いなのは知っていたけれど。

「あーちゃん、あーちゃん」

袖を引っ張られて綾瀬さんが美香のほうを向く。

「おかあさんが言ってたよ。きょうだいは仲良くしなくちゃいけないんだって」

そう言って、美香は「ねえ、おにいちゃん」と今度は拓海《たくみ》のほうを向く。

拓海も頷《うなず》いた。

「あーちゃんはゆーちゃんのことキライなの？」

「そ、そんなことは」

「じゃあ、仲なおりしたほうがいいんだよ。仲なおりのしかたおしえてあげようか？」

「お願い、します？」

なぜそこで疑問形なのか。

大学の准教授とさえ激しい論戦を繰り広げられる綾瀬さんだけど、どうやら小学生相手は勝手がちがうらしい。

俺は毎年のように田舎に来るたびに拓海や美香の相手をしてきたし、自分が小さい頃にどういう扱いをされたかを薄っすらと覚えている。でも綾瀬《あやせ》さんの家族はほとんど親戚付き合いがないらしい。冠婚葬祭があるごとに集まる浅村《あさむら》家とは経験の差があるのだろう。

それに拓海《たくみ》と美香《みか》は俺の知るなかでもかなり仲の良い兄妹《きょうだい》だ。

美香が兄の拓海の腕をつかんだ。

「おにいちゃん、仲なおりして」

「はいはい。美香、ごめんなさい」

「ゆるすます」

「・・・・・・」

「はい。じゃあ、仲なおり」

言いながら、拓海と美香はほっぺた同士をぴたっとくっつけた。ぎゅーっとお互いに抱きしめ合う。一瞬、目の前から現実感が飛んだ。まるで外国映画を観《み》ているようだと思ってしまう。拓海と美香の容姿が、髪色も肌の色も明るい、目鼻立ちの整った顔だからだろうか。宗教画の天使を見ているみたいだった。

天使がくっついてくすくすと笑っている。

佳奈恵《かなえ》叔母さんの結婚相手はクォーターだという話で、昔から拓海たちは天使を思い出させる見た目だったけれど。

と、そのときだった。

微笑《ほほえ》ましく見守る俺の目の前で、美香が拓海のほっぺたにキスをした。

「ほら」

「おにいちゃんたちも、仲なおりして」

頬《ほお》を寄せ合いながらくるりと振り向かれ、俺と綾瀬さんは固まった。

えっ。今のが仲直りの仕方なの？

くすくすと微笑み頬をくっつけ天使のような顔をした拓海と美香が俺たちをじっと見ている。しないの？　と言っているかのような表情。いやでも、仲の良い兄妹だからって、ふつうはキスなんてしないよな。

しない、はず。

「仲なおりしないの？」

「あ、いや俺たちはもう仲良しだよ」

「うん……」

「綾瀬さん？」

なんだか綾瀬さんのようすがおかしい。

「あなたたちー！　ごはんよー！」

廊下の向こうから聞こえた声に我に返る。

息を吐いて俺は後ろに手のひらをつけた。畳に触れた手がついっと滑って慌てる。手で触れるとざらっとするくせに、畳は目の方向によって滑りやすさがちがうのだ。

互いに体を離したときには、もう襖《ふすま》が開いて拓海《たくみ》と美香《みか》が「ごはん！」と叫びながら廊下を駆けだして行っていた。

「行こうか。ご飯らしいから」

「そうだね」

互いにまるで夢から覚めたような顔をして俺たちは廊下をゆっくりと歩いていった。心臓の鼓動はうるさく鳴り続けていて、大人たちが待つ部屋に着くまでにどうか収まっていてほしいと願う。


宴会場みたいな大広間では親戚一同がすでに集まっていた。

広間の大きさは、十五畳ほど。

ローテーブルを三つくっつけて中央に置いてあった。

卓の上には大皿に盛られた料理が並んでいる。どうやらすき焼きらしい。卓上ガスコンロが三つ。それぞれの上に鉄鍋が置かれ、すでに出汁《だし》が煮立っている。

すき焼きの具は野菜が多い。レンコン、ごぼう、しいたけ、しめじ、えのき茸《たけ》、ネギ、春菊……。肉は鶏肉《とりにく》だ。すき焼きは牛肉という人が多いと思うけれど、浅村《あさむら》家ですき焼きと言えば鶏肉である。理由はわからない。安いからなのか、単なる慣習なのか。まあ、好きだからいいけどね、鶏肉。

そのほかに、おせち料理もお重に詰められて置いてあった。

こちらもイマドキ手作りだ。

伊達巻《だてまき》、栗《くり》きんとん、黒豆、数の子、かまぼこ、昆布……。全体的に茶色っぽくなってしまうのが和食の弱点だが、かまぼこの紅白、海老《えび》の赤、そして伊達巻や栗きんとんの黄色のおかげで彩りが保てていた。

おせち料理の中では俺は伊達巻がいちばん好きで、子どもの頃はそればかりを食べてしまうのでよく怒られていた。けど、子どもの味覚だと他の具はあまり美味《おい》しく感じないんだよな。高校生になってからかな、煮魚や数の子、黒豆も美味しいもんだなと思えるようになったのは。どうやら味覚というのは第二次性徴を境に変化するものらしい。

テーブルは周りをすでに親戚一同で囲まれている。

ビールの栓が開けられていて、親父《おやじ》たちは呑《の》みながら話していた。

俺と綾瀬《あやせ》さんが到着したところで、祖母と亜季子《あきこ》さんが子どもたち用の飲み物としてペットボトルのお茶と麦茶を台所から持ってきた。

全員の揃《そろ》ったところでいただきますを言った。

この家には祖父母と長男（親父の兄）夫婦とその子ども（これが幸助《こうすけ》さんになる）の三世帯で暮らしている。親父は東京住まい、親父の妹夫婦は千葉暮らしだ。それらが一堂に会していて、総勢でええと……十二人、俺と綾瀬さんを足せば十四人が集まっている。テーブルの周りにずらりと並んでいるのは、俺にとっては珍しい光景ではなかったけれど、綾瀬《あやせ》さんは襖《ふすま》を開けて入るときにすこしたじろいだような表情を見せた。

乾杯して、料理に箸をつけてからしばらくして、改めて親父《おやじ》は亜季子《あきこ》さんと綾瀬さんを親戚たちに紹介した。

到着後にいちど紹介しているからか、親父の隣に立ち上がった亜季子さんはよろしくお願いしますだけで終わった。けれど隣の綾瀬さんはこれが初紹介になるからか、名前を言っただけでは終わらず、歳《とし》は幾つだの、学校では何をしているだの聞かれる。

現代の東京で暮らしていると、たとえ親戚でも、名前以上の情報を初対面で聞かれることは少ないと思うのだけれど、父の田舎では昔風の付き合いが残っている。祖母に「ほらほら、そのへんにしてあげないと」と促されて、ようやく綾瀬さんは座ることができた。

ほっとした顔になっている。

入れ替わりに今度は幸助《こうすけ》さんが立って傍らの渚《なぎさ》さんを紹介する。今度は渚さんが親戚たちの質問攻めにあうことになった。

おつかれさまと小声で言いながら、綾瀬さんのコップにお茶を注ぐ。

「ありがとう」

「おせち、何か食べる？　取るよ」

「ええと。じゃあ、伊達巻《だてまき》が欲しいかな。美味《おい》しそう。伊達巻好きだし。……なにか私、おかしなこと言った？」

「おかしくないおかしくない。俺も好きだから」

取り箸で摘《つま》んでお重から手元の小皿に置いてやる。

綾瀬さんは箸で摘んで少し齧《かじ》る。

「お義父《とう》さんは、この味付けで育ったんだ。なるほど、それでお母さん……」

なにがなるほどなのかわからなかったけれど、綾瀬さんはふむふむと納得した顔だった。

それからしばらくは黙って箸を動かした。

周りの会話を聞くともなしに聞いている。

幸助さんは大学は埼玉だったけれど、卒業後に長野に戻っている。つまり渚さんとは卒業後は遠距離恋愛だったわけだ。週末毎《ごと》に車に乗ってどこかに行くと思っていたら、いつの間にかこんな可愛《かわい》らしい嫁さんを見つけてきて――。

というような会話が聞こえてきた。

「やっぱりまったく会えなくなるかと思うと不安で。それは……今だとネットで毎日顔を見るくらいはできますけど」

渚さんがそう言うと、幸助さんも隣で大きく頷《うなず》いた。

だから海外転勤をきっかけに籍を入れたのだという。

聞いていて俺は自分だったらどうしただろうかと考えてしまう。もし綾瀬さんと会えなくなるのだったら――。

「まあ、幸助《こうすけ》は寂《さび》しがり屋だからなあ。こいつは家でひとりでお留守番というのを嫌がって、どこへでも付いていこうとしたくらいだぞ」

幸太《こうた》伯父さんがそう言って、幸助さんが「やめてよ父さん」と恥ずかしがったものだから、その後も、幸助さんの昔話が暴露されつづけた。子どものときの様子から、何が好きで何が嫌いかまで。幸助さんは苦笑いし、渚《なぎさ》さんは興味深そうに聞いている。

漏れてくる話を聞くとはなしに聞いていると、渚さんは、幸助さんの海外転勤の話が出た夏あたりからこの家で既に同居していたようだ。渚さん自身の仕事がどうなっているのかまではわからなかった。長野で仕事を見つけているのだとしたら、幸助さんに付いていくときにその仕事はどうするのか、とか。

そのあたりはプライベートだろうと、普段は気にしないで流すのだけれど。今の俺は耳をそばだてて聞いてしまっていた。

自分の無意識の行動に気づいて驚いたくらいだ。

現実における男女のお付き合いというのは、映画や本で目にしていたものとは異なって見える。フィクションがキラキラしたところを切り抜こうとするからだろう。娯楽なのだから当然そうなる。

けれど現実はリアルだ。目の前に立ち塞がるのはドラマティックな障害ではなく、どこにでもあるようなありふれたメンドクサイことだったりする。役所の手続きだったり、周りの人たちへの報告だったり……こうして過去を知っている親類縁者の好奇の目に晒《さら》されることだったり。

あけすけに悪気なく「子どもの顔を早くおじいちゃんたちに見せてあげて」と言われてしまうことだったり。

晩婚化が進み、子どもを産まないことを選択する夫婦も増えているなかでは、そういう話題はセンシティブだと思うのだけれど。渚さんは目くじら立てることもせずに黙ってにこにこと聞き流している。大人だなぁとぽつりと綾瀬《あやせ》さんが言って、俺は思わず彼女の顔を窺《うかが》ってしまった。

綾瀬さんは受け流すことが苦手なのだ。

一方で、亜季子《あきこ》さんは祖父母の傍《そば》でお酌しながら会話している。こちらはこちらで笑顔でのコミュニケーションを続けていて、今さらながらに都会の一等地に存在するバーで長年バーテンダーを続けるというのはどういうことかを思い知る。

内心でどう思っているにせよ、表面上は亜季子さんの顔に不満の欠片《かけら》も浮かんでいなかった。もっとも、それは実母も同じだった。あの人も、年に一度会う親戚の前では自前の猫を被《かぶ》り続けていたっけ。

離婚後の数年、正月の集まりに参加することは、親父《おやじ》には針のむしろだったと思う。

親戚たちの「どうして別れたの」の絨毯《じゆうたん》爆撃を受け続けたのだから。その攻撃に実母を貶《けな》すことなく色々あったんだの言葉だけで切り抜けた。

自分たちがもしも結婚したら、この場でどういう空気になるんだろうか……と不安になる。自分や綾瀬《あやせ》さんはああして親戚とうまくコミュニケーションが取れるんだろうか。

そうして時間が過ぎていき、夜の帳《とばり》が降りた。

親戚一同と大広間で同席しつつ、年越し蕎麦《そば》を食べて、一年を振り返りながら談笑する。途中、拓海《たくみ》と美香《みか》が寝落ちして、幸助《こうすけ》さんと一緒に布団に寝かせるのを手伝ったとき以外は、親戚たちと四方山話《よもやまばなし》をして過ごした。

その間、綾瀬さんは終始、借りてきた猫みたいに大人しくしていたんだ。

「じゃあ、そろそろ行くかい？」

祖父が言って立ち上がり、みんなも立ち上がった。

綾瀬さんも釣られるようにして立ち上がったものの、戸惑った表情のまま、そっと俺に耳打ちをしてくる。

「えっと……どこに行くの？」

「二年参りだよ。車で行くけど、寒いから、上着を持っていって着込んだほうがいいかな。あと、あまりに冷えたら帰ってからもういちど風呂に入ったほうがいいかも」

「今から？」

「そりゃ、だから二年参りなんだし」

綾瀬さんは瞼《まぶた》が落ちそうになっている。眠気が押し寄せてきているようだ。

「まあ、眠かったらここで寝ててもいいけど。どうする？」

「……行く」

二年参りというのは神社仏閣への初詣を大晦日《おおみそか》の夜から深夜零時を跨《また》いで元旦にかけてする形式を言う。

厚手の上着を用意して俺たちは外に出た。

雪こそ降っていないものの、長野の山奥だ。気温はすでに零度を下回っている。

玄関扉を開けた途端に吹く風の高い音に俺は思わず身をすくめた。寒さが足下から忍び寄ってくる。

転がるように親父《おやじ》の車へと乗りこむ。扉を閉めて車が暖房で暖まるまでがいちばん寒さを感じたかもしれない。羽織る予定の上着はまだ膝の上だ。浅村《あさむら》家の親族一同を乗せた三台の車は近場の神社へと走る。

除夜の鐘の最初のひと突きが点《つ》けていたカーラジオから聞こえてきた。

神社に着いて車を駐車場へと停《と》めた。

降りてからコートを着込む。合わせをしっかり留めて冷気が入らないようにする。帽子も、そして綾瀬《あやせ》さんから贈ってもらったネックウォーマーも忘れない。完全装備だ。綾瀬さんも同じように手袋から帽子まで着けて、もこもこのダッフルコートを着込んでいる。夜目にも鮮やかなマスタードイエローは綾瀬さんに良く似合っている。

亜季子《あきこ》さんが近づいてきて俺たちに携帯カイロを差し出してくる。

「ポケットに入れておくといいわよ」

言われて俺たちは有難く受け取った。さすがは亜季子さんだ。用意がいい。

駐車場の周りには雪掻《ゆきか》きされて積みあげられた雪が固い壁となっていた。あれだけの雪がもし積もっていたら、とても参拝はできないだろう。そう思うと、お参りの為《ため》に雪掻きしてくれている人たちには毎年のことだが感謝に堪えない。

「随分、山の奥なんだね」

「そう。奥社だからね」

「おくしゃ？」

「ここ、山の裾のほうから上に向かっていくつか神社があるんだ。手前のほうから日本神話の有名な話、天の岩戸ってあるよね。あれに関連した神様が祭られている」

「ああ。うん、もちろん知ってる。怒った太陽の神様が天の岩戸の向こうで引きこもり生活を始めたので、神様たちがわいわい宴会して引っ張り出す話だよね」

「う、うん。そうそれ」

どうやってテスト範囲を覚えたかなんとなく察せられる綾瀬さんの要約に合槌《あいづち》を打ちつつ、俺は浅村《あさむら》家が毎年山の上の奥社にお参りに行っていることを話した。

「ちなみにここから2キロ歩く」

「えっ」

「途中、長い階段もあるから、明日は筋肉痛を覚悟したほうがいいかも」

「聞いてない」

上目遣いでじとっと睨《にら》まれる。

「だから暖かい車の中で待っていてもいいけど、どうする？」

「……行く。こんなところでひとりで待っていたくない」

「まあ、体験してみて辛《つら》かったら言ってほしい。次は待っててもらうからさ」

何気なく言ってしまったのだけど、綾瀬さんははっとしたように顔をあげた。

「つぎ？」

「毎年の恒例だからね」

「次ね。うん、わかった。何事も体験だしね。それで辛かったら言う」

「そうしてほしいな」

これも小さなすり合わせかもしれないな。そのときには、そんなことをぼんやりと考えただけだった。

亜季子《あきこ》さんと並んで親父《おやじ》が歩き出し、俺たちはふたりの後を追いかける。

入り口に鎮座している大きな鳥居が近づいてくると綾瀬《あやせ》さんは携帯をコートのポケットから取り出した。

カメラを起動して鳥居を撮る。フラッシュが瞬いて一瞬だけ闇の中に木造の大きな鳥居と背後に白く積もる雪が浮かび上がった。もちろん他の参拝客の目を眩《くら》ませないよう、配慮しつつだった。

「おうい、はぐれるなよぉ」

親父の呼ぶ声に、俺たちは足を早める。足下を滑らせないよう苦労した。

道の端に寄って鳥居をくぐる。真ん中は神様の通り道だ。

まっすぐな参道が先が見えなくなるほどまで延びている。雪掻《ゆきか》きはされているものの、足下には薄く積もった白い塊が砂利と混じり合っており、ゆっくりしずしずと歩かないと転んでしまう。

慣れていない綾瀬さんは何度か滑りそうになり、俺は彼女に雪の上での歩き方を教えることになった。足の裏全体で雪を掴《つか》むようなイメージで歩くのがコツだ。

鳥居をくぐってからしばらくは平坦《へいたん》な道のりが続く。

十五分も歩いてようやく中ほどまで辿《たど》りつく。

朱《あか》く塗られた門が見えてきて、そこが中間地点だった。大きな門の上には茅《かや》ぶきの屋根が付いており、冬でなければ草が茂っている。今は白く雪化粧が施されていた。注連縄《しめなわ》の垂れ下がる朱《あか》い門が俗世の禍事《まがごと》を入れぬよう立ちはだかる。綾瀬《あやせ》さんは携帯を取り出してカメラに収めた。

ほんとにこういう古い建物が好きなんだな。

俺も改めて目の前の門を見つめる。

「ここまで古いと、歴史を感じるね」

「んー。それだけじゃないと思う」

「え？」

「古いモノだから歴史を感じるっていうけど、歴史を感じるのは、ただ古いからじゃないと思うの。私たちは、実は建物の扱われ方を見ているんじゃない？」

「扱われ方？」

「そう。たとえば瞳の入ってない古ぼけたダルマを見つけたとするよね。それは、誰にも願いを託されなかった――それを使った人がいなかった、という事実が窺《うかが》える。だからその古ぼけたダルマから何かを感じるとしたら悲しみになる」

「なるほど」

「そもそも、雨ざらしの木造建築なんて、手入れをしていなければ朽ちて消えているもの。人が住まなくなった建物は傷みやすくなるって話もあるでしょ」

綾瀬さんの言葉に、俺は彼女が長野に来るときの車の中で言った言葉を思い出した。

古い建物には古い記憶が残っている——。

つまり綾瀬さんの言いたいことはこういうことか。

俺たちの目の前にある鄙《ひな》びた朱色の門は、ただ物としての古さを示しているだけじゃなくて、そこにあるだけで有難がられ手入れされてきた証《あかし》だ、と。

「そうそう」

それらをひっくるめて綾瀬さんは『古い記憶』と呼んでいるのかな。

「綾瀬さんはプロファイリングしてるのか」

「ぷろ？」

「推理小説にときどき出てくるんだ。起こった犯罪から起こした人間について統計的に分析していくことを犯罪者プロファイリングっていう」

「それって、推理とどう違うの？」

「犯人を特定するわけじゃない。こういう犯罪を引き起こす人物は、統計的にこういう人物像が設定できる、ということしか言えないんだよ。常に例外は存在する。例えば殺人という結果が同じでも、動機が同じとは限らないだろう。というか、違うだろうと思われているから、ホワイダニットなんてジャンルが存在するんだけど」

「……浅村《あさむら》くん、ホントにミステリに詳しいね」

「俺はあまり詳しくないと思うけど——」

なにしろバイト先にはミステリ大好き読書人間がいるからなあ。

脳裏にちらりと黒髪ロングの和風美人の顔が浮かんだ。

「——まあ、本で読んだ知識なだけだよ。綾瀬《あやせ》さんは古い建物がどうやってそういう今の姿になったのかってことに興味があるんだね」

「そう、かも」

「『大きな古時計』だね」

おじいさんが生まれたときから亡くなるまでの間、動き続けた時計の歌だ。この歌には作者の制作のインスピレーションを引き起こした時計の実話がくっついている。

作られたもの、贈られた品の現在の姿は、その品の作られた経緯や贈られた後の大切にあるいは粗雑に扱われた軌跡が宿る。

止まってしまった時計が逝ってしまったおじいさんの人生に被《かぶ》る。

「歌わないでね」

一拍も置かずに差し込むように綾瀬さんが言った。

「ん？」

「あれ、だめ」

「嫌いなの？」

「泣く」

夜の闇の中、道の左右に並ぶ蝋燭《ろうそく》の明かりはかすかで、綾瀬さんの表情は朧《おぼろ》にしか見えない。それでもいつもはドライな彼女が漏らしたひとことがあまりに意外で俺はまじまじと見つめてしまった。

「あー……了解」

階段を上がって狛犬《こまいぬ》の間を通り抜け、境内へ。

手水場《ちょうずば》の水が凍っていて、残念ながら手洗いは断念する。拝殿前まで進むと、賽銭箱《さいせんばこ》に予《あらかじ》め用意してきた五円を入れ、鈴を鳴らした。じゃらじゃらという音が闇の中に響き渡る。お辞儀を二回、柏手《かしわで》も二回。厳密さを要求される場合を除けば、標準仕様でどこでもお参りすることにしている。

二度目に手を合わせたときに俺は自然にこの一年を反芻《はんすう》していた。心が整理されていく感覚がある。

初詣のそもそもの始まりは平安の世から伝わる「年籠り」という風習だが、現代における二年参りの本懐は実のところ、去りし年を振り返り、心を新たにして新年を迎えることにあるのではないか。そんなことを考えたりもした。

色々なことがあった年だった。

親父《おやじ》が再婚し、綾瀬《あやせ》さんたちの家族を迎え入れたのがわずか半年前の6月。いきなりできた同い年の義理の妹。自分とはちがう派手な格好に初めは驚いた。

定期テストでは現代文が苦手な彼女のために力を貸すことになったし、夏休みには出不精の自分が珍しいことに同じ学校の生徒たちとプール遊びなんてしてしまった。

そのプールのときに綾瀬さんを好きだと自覚してしまったんだっけ。

それは苦しい自覚でもあった。俺たちの親は、前の結婚相手と不幸な別れをしてきたから、再婚後の家庭にすこしでも不幸の芽を芽吹かせまいと努力している。俺たちは仲の良い兄妹《きょうだい》であることを期待されている、と今でも思っている。

すれ違っていた俺たちが、正直になって気持ちを打ち明け合ったのが秋の始まりの頃だ。それから俺たちは「特別に距離の近い義理の兄妹」として許される範囲で付き合おうと約束した。けれど、ハロウィンの夜に俺たちはキスをしてしまい——。

そんな一年の出来事がまるで走馬灯のように一瞬で脳裏を駆け巡った。合わせていた手を離し、閉じていた目を開ける。俺たちの後ろには行列ができているから、感慨にふけっている暇はなかった。最後に一礼して拝殿前から退いた。

親父たちが待つほうへと歩きながら隣にいる綾瀬さんに問いかける。

「何を祈ったの？」

「一年のことを思い返すだけで精一杯で、お願いごとする暇なかったかも」

そう言って苦笑していた。同じだ、と俺も笑う。

来た道を辿《たど》って駐車場へ。

互いにおつかれさまを言い合っているときに、綾瀬さんが俺に向かって言う。

「あ、おみくじとか引かなくていいの？」

「そういえば引いておきたいな。毎年してるし」

親父が俺のつぶやきを聞き取った。

「じゃあ、おみくじを引いてから帰ろうか」

自動車に乗って中社へと向かう。冬の間は山の上のほうでは授与所が開いていないので、中社まで行かないといけなかった。

わざわざ寄ってくじを引いたのに、綾瀬さんはおみくじを開いて固まる。

「大凶……」

「正月なのに、入れてあるんだ……」

「浅村《あさむら》くんは？」

「小吉」

じとっと上目遣いに睨《にら》まれた。いやこれ、俺のせいじゃないよね？　確かにおみくじを引いておきたいなと言ったのは俺だけど……。

「まあ、悪い結果は置いていけばいいよ。ほら、おみくじ掛けはあそこだよ」

親父《おやじ》が指さしたほうを見れば、渡した縄に幾つもの白い結び紙がぶら下がっている。

綾瀬《あやせ》さんは綺麗《きれい》に折りたたんだおみくじを縄にしっかりと結びつけた。

立ち去るときには笑っていたけれど、ちょっと気にしているかなと思った。

鳴り続けている除夜の鐘を背中に置いて、俺たちは神社を後にする。

こうして俺たちの新しい年が始まった。

●12月31日（木曜日）　綾瀬沙季《さき》

「三和土《たたき》だ……」

　思わず漏らした言葉に自分でもはっとなる。

　浅村《あさむら》くんの実家（お義父《とう》さんの実家）は、かなり大きなお家《うち》だった。しかも、古民家。年代もので、建てられたのはおそらく昭和の早い頃だと思う。

　瓦の屋根、土間は三和土。

　上《あ》がり框《がまち》を越えた先の廊下は黒檀《こくたん》のように光っていて、手入れの行き届いていることを窺《うかが》わせる。

　古い建物は好き。

　とくにこんな風によく手入れされていて愛されていることがわかる建物や家具を見るのは辿《たど》ってきた歴史を垣間《かいま》見ることができるようで大好きだった。

　雨戸を戸袋に隠した回り廊下からは冬の陽《ひ》ざしに照らされた庭へと直《じか》に繋《つな》がっていて、降り注ぐ斜めの光の筋が見える。

　それとは別に、ちょっと、いやかなり緊張し始めていた。

　本音を言えば怖くなってきた。

　なんで付いてくるなんて言ってしまったんだろうとさえ思い始めていて、私は自分の対人練度の低さに涙が出てきそうになった。私は3分あれば誰にでも胸襟を開ける真綾《まあや》とは違うのだ。

太一《たいち》お義父《とう》さんの母親は優しそうな人で、母さんと私の挨拶をにこにこしながら聞いてくれた。それでも緊張は解けない。

回り廊下の左手にある閉ざされた襖《ふすま》の向こう。大人たちの笑い声が聞こえた。

「おやおや。賑《にぎ》やかさんだこと」

そうつぶやきながら義祖母が襖を開ける。

大きな和室にずらりと車座になった人たち。その圧力に私は思わずたじろいでしまう。

「太一が来ましたよ」

「おう！　ようやっと来たか。東京は遠いなあ」

大きな声で言って白髪のおじいさんが立ち上がった。たぶん、その人が太一お義父さんのお父さんなのだろう。つまり私から見れば義祖父ということになる。

「亜季子《あきこ》さんも久しぶりだ。元気だったかい？」

「はい。おひさしぶりです。お義父さん」

頭を下げるお母さんに部屋中の視線の矢が突き刺さり、そのあと私にも降り注いだ。

その視線が、歓迎１００％とは違ったような気がして心が重い。悪感情を持たれているわけではないけれど、どことなく腫れ物というか、どう触ったものかと迷われているような気がしたのだ。

「はいはい。挨拶は後でゆっくりしましょうね。亜季子さんたちは疲れてるんですから、まずはお部屋に案内してきます」

義祖母がその場から私たちを逃がしてくれた。

襖が閉まり、視線が断ち切られて、ようやく息が楽になる。いつの間にか握りしめていた手をゆっくりと解《ほど》く。手汗をかいていた。やばい。もうすでに胃が重くて吐きそう。

再婚の妻とその連れ子となると、あんな雰囲気で迎えられちゃうのかな。

もしかしたら、私にとっては当然の格好がこの場所では武装として強すぎるのかもしれない。ふぅ、と息をひとつだけつく。髪を黒染めしてからきたほうがよかったのかな、と考えてしまうけど、考えすぎだろうか。

高校生って中途半端だ。

母の歳《とし》、いや、大学生でもいい。その年齢にまでなれば化粧もアクセサリもエクステもカラーリングも不自然とは思わなくなるのに。水星《すいせい》高校でもこれで通してるんだから、今時は普通でしょうに——という内心のつぶやきも、リアルな視線の一斉砲火に押しつぶされてしまいそう。

もうひとつ深呼吸。落ち着こう。私はここに喧嘩《けんか》をしにきたわけじゃない。

私たち四人が泊まる部屋は八畳の和室だった。

部屋の隅にあるお布団を見て今さらに二日間をここで過ごすのだと実感する。つまり浅《あさ》村《むら》くんと同じ部屋で。いやもちろんお母さんも太一《たいち》お義父《とう》さんも一緒だけど。あれ？　待って、それだと朝の寝起きも、夜の寝相も見られちゃうんだ。

……部屋って、ここしか空いてないの？

「ごめんなさいねぇ、今年は子どもたちだけの部屋って用意できなくて、実はね——」

空いてなかった。

同時に、誰かが襖《ふすま》の向こうから声をあげる。

入ってきたのは二十五、六歳ほどの男性で、隣に同じくらいの年齢の女性を連れていた。ピンとくる。たぶん、カップル。だって女の人は隣の男の人のことばかり見ているし。

浅村くんが「幸助《こうすけ》さん」と呼んだ。

八つ年上の従兄弟《いとこ》だという。ということは二十五歳？　うん、想像したとおり。そして隣に立っている女性と結婚したのだと太一お義父さんに告げた。

「おお、そうかあ！　おめでとう幸助君！」

お義父さんが破顔する。

浅村くんがぽかんと口を開けた。あれは意外なものを見たときの顔だ。どうやら浅村くんは従兄弟の結婚どころか、お付き合いしている女性がいることも知らなかったみたい。

太一お義父さんのほうも母さんを紹介する。

それから私のことも。

「そうか、妹ができたんだね、悠太《ゆうた》」

「あ、はい」

「なーんだ、てっきり悠太も結婚したのかと」

からかうような口調だったから、たぶん私が義妹だって部屋に入ってきたときからわかっていたんじゃないだろうか。

「そんなわけないでしょ。俺まだ高校生ですよ」

落ち着いた口調で浅村くんは言い返したけれど、私にはわかる。浅村くんは内心で思いっきり慌てていた。

荷物を部屋の隅に寄せると、お義父さんと母さんは義祖母とともに親戚たちへの挨拶のために居間に戻っていった。

残された私たちは改めて浅村くんの従兄弟と挨拶をし合う。

幸助さんと渚《なぎさ》さん。同じ大学のサークル仲間だったと聞かされる。馴《な》れ初《そ》めを聞いて、けっこうな長さのお付き合いなのだと知った。

そして結婚式よりも先に籍を入れることになった理由も。

幸助さんの海外転勤――。

それに渚さんは付いていくことにしたのだと。

だから式はまだで。だって、そのための手続きが膨大すぎてとても春には間に合わないと聞かされた。正直、私は結婚式を舐《な》めていたと思う。半年以上前から探さないと希望どおりの式場は取れないなんて。

結婚するのって大変なんだ。私に務まるだろうか。

……そもそも私は自分が結婚式を挙げたいのかどうかも考えたことがなかったけど。

目の前の、ほんの少しだけ人生を先に歩いている男女。

今の私には自分の未来の姿を投影するには充分な身近さだ。

聞きたいことはいっぱいあったけれど、話しているときに今度は浅村《あさむら》くんの年下の従弟《いと》妹《こ》がやってきた。

そのふたりの小学生は兄と妹だった。明るい色の髪をしていて、整った顔立ちをしている。微笑《ほほえ》むとその場が明るくなる可愛《かわい》らしいふたり。彼らは浅村くんに懐いているようで、体ごと体当たりしてきて遊ぼう遊ぼうと繰り返した。浅村くんが根負けしたような顔で受け入れる。

ゲームをすることになって、私たちはテレビのある部屋まで移動。

幸助《こうすけ》さんと渚《なぎさ》さんは大人たちの部屋へと戻り、私たちはゲーム部屋に籠ることに。

そこで私は改めて浅村くんを尊敬してしまった。

幼い子たちをうまく扱っている彼を見て、すごい、まるで若いお父さんみたいだ、と思って。

将来、もし子どもができたら、浅村くんはこういうお父さんになるんだろうかと考えて、いくらなんでも飛躍してると恥ずかしくなった。

第一、ひとりではお父さんにはなれない。子どももできない。そのためには相手が必要で——ってだから妄想を飛躍させるのはダメだってば。

ふたりの従弟妹はゲームが上手だった。

私は真綾《まあや》に誘われたときくらいしか遊ばないから当然なのだけれど、どうにもゲーム勘が悪い気がする。

ちっちゃいシェフを操って肉を焼き、野菜を切り、鍋を振って、皿を洗う。現実では何度も繰り返している行為なのに、この小さなコントローラーでは勝手が掴《つか》めなくて全然上手《うま》くいかない。

肉を焼いて、焼きすぎて、ついでに調理場も焼いていた。

「ああああ」

「おりょうりへた？」

ぐさりと言葉の矢が突き刺さった。くう。

涙目になりそう。

小学生の言うことにいちいち刺されていたら身が持たないのに。沙季《さき》、浅村くんを見なさい。彼は柳に風と受け流してるじゃないの。

「いやいや、美香《みか》。綾瀬《あやせ》さんは料理は得意だよ。これはほら、ゲームだからであってね。大丈夫、綾瀬さん。次は頑張ろう」

「そこまでフォローされると、かえって傷つく」

これも、私が浅村《あさむら》くんのように子どもたちをあしらえないからだと思うと、悔しいったらない。でも、どうやって対処すればいいのか、ほんとにわからない。

大人を相手にするほうがまだマシだ。子どもは苦手だった。今なら工藤《くどう》准教授との口論さえ気楽だと言える。

私がこのふたりと同じくらいの歳《とし》だった頃を思い出す。あの頃の私は、母を除く周り中の大人を敵だと思っていた。

あのときの私が今の私を見たらどう感じるかを考えると怖い。

自分が大人の嫌な面を見たことがある人間だからこそ、ふたりから見ればおそらく大人に見えている自分に自信がない。絶対に嫌なやつだと思われているという根拠のない考えが頭をよぎってしまう。

ごはんよと呼ばれてゲームを終わらせたときには精神的にくたくたになっていた。

それなのに、これからが本番なのだ。

大きな広間での会食では、母とともに改めて浅村くんの親戚たちに挨拶をしないといけないはずだ。

勉強とかファッションとか、すごく身近なところでは強く在ることができたかもしれないけれど、結婚するというのはこういう付き合いや子どもとの関係構築も必要だということなんだと思う。自分はうまくやれる気がしない。

親戚一同が集まる大広間で改めて自分の紹介をする。

それからずらりと並んだ親戚たちを、ひとりひとり紹介された。でもごめんなさい。ぜんぜん覚えられない。

お腹《なか》がいっぱいになって眠くなってきた頃。

「じゃあ、そろそろ行くかい？」

義祖父が言って、みな、一斉に立ち上がる。

神社に二年参りに行くという。

浅村くんは、眠かったら家で寝ててもいいと言ったけれど、こんな広い家にひとりきりなんて絶対いやだ。

「……行く」

短く答えて私は浅村くんに付いていった。

彼がいてくれてよかった。お母さんは太一《たいち》お義父《とう》さんの両親やその親族との関係構築に一生懸命で私に構っている余裕はない。私としてもお母さんの足を引っ張りたくない。

だから浅村《あさむら》くんがいなかったら、ここで呆然《ぼうぜん》としていたにちがいない。

いてくれてよかった。


二年参りに訪れた神社は山の上のほうにあった。

しかも辿《たど》りついた駐車場から拝殿までさらに2キロ歩くと言う。

夜の山道を2キロ？　いったい何分かかるんだろう。不安になったけれど、浅村くんの言うように車の中で待っていたくはなかった。

それに――。

「まあ、体験してみて辛《つら》かったら言ってほしい。次は待っててもらうからさ」

何気なく言われた言葉が嬉《うれ》しかった。次があると思ってくれていることが。

私のことを想《おも》ってだとはわかるけれど、浅村くんはすぐに私を置いていこうとする。

たしかに夜の参道を2キロはきついけれど……。

それでも歩き始めてしまえばそれなりに楽しかった。もともと古い建物を見るのは好きだし。歴史女子というほどの熱量はないけれど、建物を眺めてはあれこれと物思いに耽《ふけ》るのは好きなのだ。

深夜の雪景色や神社のあれこれにワクワクしてしまう。浅村くんともそれについて話ができて落ち込んでいた気分がすこし持ち直したかな。

「古い建物がどうやってそういう今の姿になったのかってことに興味があるんだね」

浅村くんに言われて、私ははっとなった。

そんな風に自分の心理を客観視したことがなかったのだ。

人は自分の姿を自分では眺めることができない。私は自分がどういう人間なのか本当にはわかっていないのかもしれない。

私には鎧《よろい》を纏《まと》って武装した自分の姿が見えていないのかも。

だとしたら、どうやって適切な防御力を身につければ良いんだろう。

武装がハリネズミになっていないとどうしてわかるのか。傷つきたくないだけであって、傷つけたいわけじゃないのに。

片道で歩いて四十分はかかっただろうか。道のりのどこかで零時を越えて、新しい年になった。

拝殿に辿りついて、お賽銭《さいせん》を入れて手を合わせる。

目を瞑《つぶ》ると、瞼《まぶた》の裏に一年間が蘇《よみがえ》った。

とくに鮮やかなのはこの半年の記憶。

お母さんと一緒に浅村くんの家に越したのが6月のこと。

浅村くんとの出会いは私の生き方に大きな影響を与えてきた。それまで実父との過去の思い出から男性に対して少なからずの悪印象を持っていた。だからこそ、私は自分の人生に男性の手が入ることを好まなかったのだ。

ひとりで生きていけるよう学業も頑張りたかったし、だからといって勉強しかできないと言われたくもなかった。

今から思えば、気の迷いでは済まされないほど恥ずかしい取引を浅村《あさむら》くんに持ちかけたのだって、借りを作りたくなかったというだけではなくて、男性という存在を頼れない相手だと確認したかったのかもしれない。

それで自分の体を賭けちゃ、チップとしては高すぎるのだけど。

浅村くんはそんな私にこんこんと説教したのだ。そのときから、私の歩く先に彼の影がちらつくようになったのだと思う。

私は浅村くんのバイト先を自分のバイト先に選び、自分の恋心を自覚し、それに蓋をするために彼を兄さんと呼んだ。

こうして思い返せばわかる。

自分の未来を自分で選んでいるように見えて、彼の存在に振り回されている。

オープンキャンパスを通して知り合った工藤《くどう》准教授に、視野の狭さは理性と知性の敵だと諭された。

でも、もっと色々な男性をしっかり見るべきだと。

浅村くんからとうとう告白されてしまった。

だから、特別に距離の近い義理の兄妹《きょうだい》。そんな言葉で収まる範囲の付き合いで留《とど》めよう。

そうすり合わせて、それ以上に踏み越えたい自分の気持ちを抑えた。

参拝を終えた私に浅村くんが尋ねてくる。

「何を祈ったの？」

「一年のことを思い返すだけで精一杯で、お願いごとする暇なかったかも」

同じだ、と彼が笑う。そう言った彼の瞳には、何かを整理したような、どこかすっきりとしたような光が宿っていた。

こういう瞳を見せてくるから思ってしまうのだ。好きだな、って。

浅村くんはお参り前に言ってくれた。「つぎ」って。

それを信じてあらためて祈る。

来年も浅村くんと一緒に来れますように。

●1月1日（金曜日）　浅村悠太《あさむらゆうた》

こころ新たに――と。

願ったわりには元旦の朝の目覚めは決して心穏やかでも爽やかでもなく。
二年参りで冷えた体を風呂で温めてから布団に潜れば、いつ目を瞑《つぶ》ったかも覚えのないほど一瞬で眠りの淵《ふち》を滑り落ち、深く眠れたけれど、起きたときにまず感じたのは筋肉痛だった。とくにふくらはぎのあたりが怠《だる》い。

夜の山道を、滑る足下を気にしつつ2キロも往復すれば誰でもこうなる。みんなこうなる。俺もこうなった。この脚の痛みも当然だと言えよう。

「ゆうちゃん、ごはんだってー！」

襖《ふすま》が音を立てて開く。拓海《たくみ》だ。朝から思いっきり元気だった。さすがは小学生。

拓海は突貫してくると、思いっきり俺の布団を撥《は》ね上げた。

「ごはんーー！」

「うおっ！　寒っ！」

「食べないとなくなっちゃうよ！」

「わかったわかった。いま行くって言っといて」

「はーい！」

そして襖も閉じずに走って帰っていった。

無邪気なやつめ、と思う。俺の布団だったからいいけれど、綾瀬《あやせ》さんの布団だったら一大事だった。

俺ははっとなって振り返る。そう言えば綾瀬さんは？

そうして気づくのは、部屋の中に残っているのはもはや俺ひとり。残りの布団はきれいに畳まれて部屋の隅に寄せられている。

綾瀬さん、あれだけ疲れていたのに。さすが半年間で寝起きの顔をいちどしか見せない隙のなさだ。

着替えを済ませて大広間へ向かった。

「おはようございます」

言いながら部屋を見渡す。昨日の夜に宴会をやっていた部屋だ。ローテーブルを三つ並べてあって、朝食が並んでいる。

上座のほうに祖父が座っており、下座、つまり入り口近くのほうに拓海たちが座っている。親父《おやじ》はその間だ。空いている席は……親父の隣と向かいだけれど、親父の隣は亜季子《あきこ》さんだろうから、俺は向かいの席に腰を下ろし——あ、っと。

なぜ部屋の中に亜季子さんたちが居ないのかに思い至り、俺は下ろしかけた腰を持ち上げた。ほぼ同時に襖が開いて祖母が入ってくる。その後ろにはずらりと女性陣が並んでいて朝食のメイン――雑煮をお盆に載せて運んできた。雑煮を最後にしたのは、煮込むと崩れてしまうからだろう。

「座ってていいよ。おっきいもんがうろつくとじゃまだからね」

祖母に言われたが――。

綾瀬《あやせ》さんが俺の前に雑煮の椀《わん》を置いた。

「座ってていいから、兄さん。はい、お雑煮」

「あ、はい」

視線で黙らされておとなしく座布団に腰を落とした。

さすがに寝坊しすぎたか……反省。

「足りなきゃ焼くし、焼いたまま食べたいんだったら持ってくるよ」

祖母の言葉にみな返事をしつつ朝食になった。

雑煮の餅の形は全国津々浦々様々だというけど、親父《おやじ》の実家では薄い直方体のシンプルなものだった。

お椀に口をつけ、餅としいたけを口許《くちもと》から箸で遠ざけつつ椀を傾ける。ふわっと鼻先を三つ葉の香りがくすぐった。温かな液体が体の内側からぬくもりを与えてくれる感じがして、二年参りの強行軍の疲れが和らいだ気がした。

食事の間、ずっと気になることがあった。

隣で食べている綾瀬さんの箸がなかなか進んでいないように見えた。

いただきますを言ったときは、とくにいつもと変わりなく思えたのだけれど、よく見ていると視線をずっと落としたままだし、時々ため息のような息を吐いている。

食事を終えて後片付けを済ませてから、俺は縁側で座っていた彼女に声をかける。

「隣に座っても？」

「いいよ」

俺は綾瀬さんの隣に腰を下ろした。同じように脚を庭に向かって突き出してぶらぶらさせる。

そろそろと、探るように俺は話し始める。

朝食のときに元気がなかったよね、と。

俺の勘違いの可能性もあった。それでも、綾瀬さんの様子は気になるし、気にするべきだと思ったんだ。だって、ここは亜季子《あきこ》さんだけじゃない。綾瀬さんにとってもアウェイのはずなんだから。

綾瀬さんは「そんなことないよ」と言った。予想どおりに。俺はじっと彼女を見つめる。

観念したかのように彼女は目を伏せた。

「新年早々縁起でもないなって思っちゃって。ちょっとだけ」

「えっ。まさかおみくじの？」

こくんと頷《うなず》かれ。俺は驚いた。スピリチュアルなものに左右されないタイプだと思っていた俺には意外な答えだった。

「信じているわけじゃない。紙きれ一枚に人生を左右する力なんて認めない」

「と、強く言わなくちゃいけないくらいには気にしてるってことか」

あっ、と綾瀬《あやせ》さんは声をあげた。

「そうか。そうだね……」

「まあ、気持ちは引っ張られちゃうのかもな。占いが廃れない理由でもあるし」

「それだけじゃない、かも。浅村《あさむら》くん……兄さんは――」

「なに？」

「占いの結果が絶対実現しないことだったら、って考えたことある？」

「絶対実現しないこと？」

「明日、起きたら女性になってます、とか」

「面白いとは思うけど、リアルに危機感を持てと言われたら……無理かな」

「でしょ。逆に、気になっちゃうっていうことは、実現の可能性があるって感じてるってこと。たぶん、いやなのはそれ」

自分たち――綾瀬さんと俺の関係のことを思えば、「大凶」と言われてもおかしくない未来はあり得なくもないのだから、と。

綾瀬《あやせ》さんの言葉を笑い飛ばすのは簡単だった。

たかがおみくじじゃないかとか、みくじ掛けに結んできたからノー・カウントってことにしようよ、とか。

でも、そんなことで心が明るくなるかと言えばどうだろう。

おみくじの吉凶は実は大した問題じゃない。占いの結果が示すのは、つまるところ己の心だ。曖昧な託宣を正解として解釈してしまうのは——枯れ尾花を幽霊に見立ててしまうのは——自分の心なのである。

さて、どうしたものだろうと考えて。

「ちょっと散歩に出ない？」

顔をあげた綾瀬さんに俺は言う。

「お勧めスポットがあるんだ」

「浅村《あさむら》くんのお勧め……みたい、かも」

厚手の上着を羽織ってから俺たちは家を出た。

さほど歩いたわけではない。

雪が積もっていたとはいえ、踏み固められていたし、道のりも平坦《へいたん》だった。

それでも無理はさせたくなかったから、きつかったら言ってくれと始終確認した。

綾瀬さんの顔色を見つつ、無理をしていないか確かめる。

左右が林になっているゆるい登り坂の道を上がっていく。車道だから道幅もあるし歩きやすい。左が崖になった場所で大きく右に回り込む。

その先で林が切れて、目の前が開けた。

「わあ……湖」

綾瀬さんが小さく息を呑《の》んだ。

林の向こうに湖が見える。

「もうちょっと近寄れるよ。こっち」

雪掻《ゆきか》きされた石段を数段だけ降りる。その先に小屋があるのだ。用途はわからないけれど、古ぼけた小屋は俺の子どもの頃からそこに存在していた。

階段を降りたところが林の際になっている。そこから先は誰も踏んでいない白い雪の原が十歩分ほど続いていて、その先が青い水をたたえた湖になっていた。

「これ以上は滑ると危ないから」

「うん。……すごい、鏡みたいに向こうの景色が映ってる」

頭上に広がる元旦の空は、彼方《かなた》に見える森の上に貼りつくように存在する白い雲の縁を除けば目が痛くなるほどの青一色だった。風はなく、湖面にはさざ波ひとつ立っていなかったから、青い空から白い雲の縁、その下に広がる黒い森までが、磨きあげられた鏡のような湖に逆さまに映り込んでいる。

「いいでしょ」

「だね……」

「たいていは冬。夏に来たことがあるのは二度。秋の紅葉のときに一度だけ。でも、この景色に見飽きたことはないかな。季節ごとに湖に映る景色がちょっとずつちがう」

「紅葉《もみじ》とか？」

「秋はそう。夏の入道雲も、秋のうろこ雲も。夜ならば月や星が映り込む。風が吹く日には、けば立つようなさざ波が、映る景色を磨《す》りガラス越しのように見せてくれるし」

「そう……なんだ。すてき。いい場所を知っているね。ここ、有名なの？」

「あ、いや。別に観光スポットってわけじゃ……」

「じゃ、自分で見つけたんだ」

「たまたまだよ。俺の子どもの頃って、こっちには、ほんとなんにもなくてさ。子どもってすぐに退屈になるでしょ。幸助《こうすけ》さんが遊んでくれてたときはいいんだけど、いつも相手してくれたわけじゃないから――」

そう、まったくの偶然だった。

大人たちが集まってるとき、実母と大人たちの様子を見るのが嫌で、ひとりでふらふら出かけて訪れていた場所だった。あの人は笑顔を貼りつけて祖父母や親戚たちに応対していたけれど、俺には、母の態度がかりそめのものであるとわかってしまった。だって家での母とちがいすぎる。声の高さも、表情も。

「ま、おかげでいい暇つぶしの場所を見つけられたってわけだから、悪いことばかりとも言えないなって。災い転じて福となすっていうか」

「浅村《あさむら》くん……」

「『大凶』ってことはさ――」

こんな言葉が慰めになるかどうかわからないけれど、言わずにはいられなかった。

「綾瀬《あやせ》さんは、今、楽しい？」

「いまって……ええと、今日とか昨日とかじゃなくて？」

「そこまで近々じゃなくて、ええと、最近ってことだけど」

綾瀬さんは自分の心のなかを覗《のぞ》くくらいの時間を空けてから言う。

「うん。楽しい……と思う」

「俺もだ」

はっとなった表情。

「現在の状態を示している占いが『大凶』ってことはさ。この、楽しいっていう今の状況が最悪ってことでしょ」

「えっ、えっ？　……そう、かな」

「そういうことになると思うんだけど。理論上は。だからさ、今のこの楽しい時が最悪ってことは、心配いらないってことで。だって、これより悪くなんてならないし、この先は今よりももっと幸せになるってことだから」

「え。ええと」

綾瀬《あやせ》さんは、俺に言われた言葉がすぐには頭に入ってこないようで（無理もない。これが詭弁《きべん》だってことは、俺だって確信がある）ほけらっとしていたけれど、ゆっくりと瞳の焦点を合わせると——。

笑い出した。

「ぷっ。……くくく。そ、それってさすがに無理がない？」

「いやあ、実に合理的な解釈だと思うけど」

「あ、はは。合理的ってそういうときに使っていいのかな」

「でも、こんな風に考えれば不安になるって馬鹿らしいでしょ？　つまり、捉え方次第で、占いの結果なんて幾らでもポジティブに解釈することができる」

「そう、かな。はは」

言いながら綾瀬さんはひとさし指で目許《めもと》をぬぐう。いや、涙が出るほどまでおかしいとは実は思ってなかったんだけどな。

「うん。ありがと。心配してくれたんだね」

「そりゃまあ……好きな人のことだし」

好きな、人の。

「浅村《あさむら》くん……」

「俺としては、あまりここにきた綾瀬さんが無理をしている姿なんて見たくないわけで」

あの人のようには。

「うん。私も、ここに来れてよかったと思ってたんだ。浅村くんの、年下の——拓海《たくみ》くんとか美香《みか》ちゃんへの接し方を見れたし」

「俺の？」

「うん。いいお兄ちゃんだなって。逆に私はぜんぜん駄目で。浅村くんみたいには接することができなくて。私、自分が親にどう接してもらったのか、してもらってうれしかったか、よく思い出せないから」

今度は俺がはっとなる番だった。

そうか、綾瀬さんのところは親族の付き合いがほとんどないって言ってたっけ。

俺がそのとき思い出したのは、綾瀬さんと一緒に彼女の友人、奈良坂《ならさか》さんの家に行ったときのことだ。

『幸せな家庭だね。みんな仲良しで』

あのときの綾瀬さんの言葉。『みんな』という単語の重みは、俺が感じた以上に大きなものだったんだ。

俺には幸助《こうすけ》さんや拓海《たくみ》や美香《みか》がいた。思い返してみれば、友人は少なくとも俺には仲の良い親戚が多かった。

けれど、綾瀬《あやせ》さんには亜季子《あきこ》さん以外だれもいなかった。

「私、あの子たちに、どう接したらいいかわからなくて。だってそんな経験してこなかったし。だからちょっと怖い」

それならさ、と声をかける。

「急がなくてもいいから。ゆっくりこういうのも大丈夫になっていこう」

「ゆっくり……」

「焦らなくても、いいんじゃないかな。今が完璧じゃなくてもいい、今のままで俺たちが良い大人になれるのかは不安だけど。だからこそさ、いっしょに成長していこう」

「いっしょに……」

「ああ」

俺が頷《うなず》くと、綾瀬さんも胸元で手を合わせ小さく頷く。彼女は、手首に光る見慣れないブレスレットをそっと撫《な》でていた。

「きれいなブレスレットだね」

「うん。……きれいでしょ？」

そう言いながら、慈しむように撫でている。

かすかに聞こえたつぶやきは。

よく思い出せないなんて言っちゃいけないよね……。

それからしばらくの間、俺と綾瀬さんは何も言わずにただ黙って鏡のような湖を眺めていた。

風が吹き始めて体が震え、俺たちは湖に背中を向ける。

背後では、鏡のようにくっきりと映し出されていた風景が、磨《す》りガラスの向こうへと閉じ込められていたけれど、俺たちはその姿を見ることなく家に戻った。

その日の夜。夕食の後のこと。

昨日とはちがうゲーム（レースにおいて必要とされる技量に他車を妨害することを含むという実にエキサイティングなレースゲームだった）で俺と綾瀬さんは拓海と美香の相手をしていた。

昨日よりもこのゲームは綾瀬さんに向いていたらしく何度か俺には勝った。ただ拓海は相当遊び慣れているようで誰も勝てなかった。美香が泣きべそをかいても手を緩めず、そういうときは仕方なく拓海を抜いて、俺と綾瀬さんが相手をした。俺と綾瀬さんが相手なら美香にも勝利のチャンスがあった。

白熱したゲームが二時間ほども続いたが、小学生ふたりはゲームの途中でこてんと寝てしまった。

小学生は無限かに思える体力を持っていてリザーブまで使い切って遊ぶ。エネルギーが切れると、ぱたりとそこで寝てしまう。そういう生き物なのだ。

「あらあら。お布団まで行って寝てくれないと困るのだけど」

佳奈恵《かなえ》叔母さんがため息をついた。

「まあ、僕と悠太《ゆうた》で運びますよ」

拓海《たくみ》を幸助《こうすけ》さんが、美香《みか》を俺が背負って運んだ。私も手伝いますと綾瀬《あやせ》さんも申し出てくれたが、力仕事くらいは任せてほしいと俺が言うと、彼女はしぶしぶ引き下がった。

先に部屋に戻ってるねと言い、浅村《あさむら》家（いまこの屋敷にいるのは全員浅村家なのだけど。つまりは浅村太一《たいち》の一家）の四人が泊まっている部屋の方向へと歩いていく綾瀬さんの背を見送って、幸助さんが微笑《ほほえ》んだ。

「いい子だね、彼女」

「はい。自慢の家族です」

自然と、そんな言葉が口から出た。

ふたりの寝かしつけは叔母に任せ、そのまま幸助さんはおとなたちのいる大広間へと赴き、俺は空《す》いた小腹を満たそうと台所へと向かった。

大広間に行っても食べ物はあるのだけれど、捕まると話が長い。

台所へと向かう途中で祖父母と親父《おやじ》の声が聞こえてきて足を止める。

祖父母の寝室からだった。

「彼女とはどうなんだ」

祖父の、心配そうな声の響きに続いて、実母の名前が出てきた。えっ、と驚いて俺は息を呑《の》んでしまう。亜季子《あきこ》さんとうまくいっているのに――。

どうして今さらあの人の話なんか。

実母は外面を取り繕うのが上手な人だった。表面上は祖父母とも衝突することなく笑顔で応対していた。だから離婚が決まったときに祖父母は驚いたのだ。

親父は周囲に多くを語ることなく自分も悪かったからと庇《かば》ったが、俺はあまり実母に好意的になれないでいる。なにしろ向こうは離婚後半年で浮気相手と再婚してしまったのだから。それ以来、音沙汰もない。

祖父は、再婚を認めたものの、まだ完全に安心しているわけではない、と言った。亜季子さん自身の外見が前の母よりも華やかなことが、心穏やかにさせない理由でもあるようだった。

理屈では理解できる。俺自身、亜季子さんが親父の再婚相手だと紹介されたとき、騙《だま》されてないよねと心配したくらいだ。

表面的には誠実そうで衝突もなかった前の母と前触れなしに破綻したわけで。それよりも見た目が派手で、変な意味ではないにしてもある種の夜の仕事をしている亜季子《あきこ》さんが、都会の華やかさとは無縁の祖父にはどうしても『前妻以上に息子の太一《たいち》に合わないように見える』わけだ。

祖母がまあまあと宥《なだ》めるのだが、祖父はどうなんだと詰問口調で親父《おやじ》に迫っている。そして、亜季子さんと同じように娘の沙季《さき》も見た目が派手で、素っ気ない態度に見えているのだと言った。だから心配しているのだと。

親父は、そこでさすがに黙っていられなくなったようだ。

「大丈夫です。亜季子さんも沙季ちゃんも父さんが心配するような人じゃありませんよ」

きっぱりと言った。

毅然《きぜん》とした態度だったが、祖父のほうも引かない。

「そうは言うがな。おまえはよくとも悠太《ゆうた》はどうなんだ。高校生の息子に、いきなり母と妹ができて、振り回されておるんじゃないのか」

「そんなことは――」

「太一、おまえにそこまで断言できるのか？」

「………」

親父が言葉を失ったのは息子の気持ちを勝手に代弁できるほど不誠実ではないからだろ

う。その真面目さが実母と合わなかったのだと思うし、それゆえに亜季子さんと一緒になれたのではないか。今の俺にはそんなふうに思えていた。

先ほどの親父のきっぱりとした態度が脳裏をかすめる。

俺は襖《ふすま》越しに声を掛けた。

部屋の中の言い合いが止まる。

名乗りながら襖を開け、俺は祖父の前に出た。

「俺は親父が亜季子さんと結婚したことに不満はありません」

祖父ははっと目を瞠《みは》った。

「悠太……」

「それは、沙季に対してもです」

いまは綾瀬《あやせ》さんと呼ぶわけにはいかなかった。

どうしても、彼女という一個人を特定できる言い方である必要があり――そして何よりも、家族として受け入れているんだと、強く主張したかった。

「彼女は、じいちゃんが考えているような人じゃない。すこし人付き合いが苦手なところはあるけど。それは……俺も同じだし。優しいし、誠実ですし――努力家です、沙季は」

「悠太……」

親父が、わずかに目を潤ませてこちらを見ている。

祖母が口を差しはさむ。

「源太郎《げんたろう》さん。あのね。拓海《たくみ》が言ってたのよ。沙季《さき》さんになんとかっていうゲームを教えてやったって。見てられないくらい下手くそだったけど、一所懸命に頑張るから教えがいがあったよって」

真面目な顔を崩さずに内心で苦笑するのはけっこう難しかった。

「一所懸命に相手をしてくれたってことですよ、ね」

「う、うむ」

「それに、源太郎さんだって沙季ちゃんの前で仏頂面でしたよ」

「いやしかし、あんな髪をきんきらきんに染めてだな――」

「あれっくらい、今じゃふつうです、ふつう。佳奈恵《かなえ》だって昔、真っ赤っ赤にしてたことあったでしょうに」

窘《たしな》めるようにそう言うと、祖父は口をきゅっと一文字に閉じた。口では勝てないと判断したか、いちおうは納得したのか。

祖母が目を細めて俺を見ている。

なんとなく、面映《おもは》ゆい。

「うん。そうか……うん。まあ、わかった。おまえがそう言うのなら、そうなのだろうな、悠太《ゆうた》。しかし、おとなしかった悠太がなあ」

「じゃ、もういいわよね、源太郎さん」

「ああ。わかった。ひとまずこれ以上は言わんどく。……悠太、もう誕生日は過ぎたよな。幾つになった？」

「十七です」

「そうか。もう来年は成人か……嫁さんももらえる歳《とし》だものなあ。しっかりもするか」

「嫁って……まだ早いですよ」

「だが、幸助《こうすけ》もいきなりだったぞ」

何も言えなくなってしまった俺を哀れんで、祖母が軽く話題を流してくれた。

「はいはい。そうでしたね。もういいでしょう、源太郎さん」

「おう、太一《たいち》。呑《の》むぞ。続きだ」

「ええええ……。僕はそこまで呑めないんだけどなあ。明日、運転だし」

ぶつぶつと何か言っていた。ふたりが大広間に戻るのと同時に俺は部屋に戻った。

寝床に入り、今起きたばかりの出来事を思い返す。

もし――もし、綾瀬《あやせ》さんとのことがバレてしまったとしても。

そしてそのことが親戚たちから完全には歓迎されなかったとしても、親父《おやじ》のように毅然《きぜん》とした態度を貫けばいいんだ。

頑張ろう。頑張るよ――沙季。

●1月1日（金曜日）綾瀬沙季《あやせさき》

急いで明かりを消し、布団に潜りこんで寝たふりをする。

鼓動が収まらないうちに襖《ふすま》の開く音がして、浅村《あさむら》くんが布団に潜りこむ気配が感じ取れた。両親の布団を挟んで反対側の端に私たちの布団はある。

互いに同じ部屋であることを過剰に意識せずによくて、顔をそちらに向けさえしなければ無防備な寝顔を晒《さら》さずに済む。そういう距離。

バレてない、よね。

どきどきどき。心臓の音が煩《うるさ》いくらいに耳許《みみもと》で鳴っていて静まる気配がなかった。

頬《ほお》が熱い。窓の向こうは氷点下だというのに、布団にくるまっている自分の体は熱くてたまらない。

荒い息が聞こえてしまわないかと心配で、私は布団を頭の上まで引きあげた。

『優しいし、誠実ですし——努力家です、沙季は』

言っていた。

間違いなくそんなふうに言っていた。しかも、沙季、だって。沙季。

綾瀬さん、じゃなくて。

トイレに行こうとして布団に浅村くんが寝ていないことには気づいた。けれど、寝ぼけた頭ではそれ以上のことなど考えられず「ああ、いないいな」と思っただけで部屋を出た。

長い廊下をやや迷いつつ帰っていたときに襖の向こうから浅村くんの声が聞こえた。

覗《のぞ》き見ようなんて思ってはいなかった。

ただ、なんとなく近づいてしまっただけなのだ。

声がはっきりと聞こえてしまう。

凛《りん》とした声で言っていた。

お母さんが太一《たいち》お義父《とう》さんと結婚したことに不満はない、と。

それだけじゃない。彼は私の弁護までしてくれたのだ。どういう経緯でそんな言葉を言うことになったのかはわからない。けれど――。

優しくて。誠実で。努力家だ、とまで言ってくれるとは思わなかった。私って、そんなに大した人間だっけと不安になったくらいだ。

嬉《うれ》しかった。

同時に怖くもなった。

私は、好かれるための訓練を積んでいない。

私に対して、攻撃する隙を狙っているような相手には「武装」すればよかった。

でも、自分から仲良くしたいと思った相手に対して好まれるような装備をする、という発想はしたことがなかったんだ。

ひとりで生きていけるように、と考えていたんだから当たり前だ。

誰かと仲良くする必要性なんて感じていなかったんだから。

それが崩れたのがたぶん半年前。

何も期待しないから、私に何も期待しないで。

そう浅村《あさむら》くん相手に宣言したときには、彼から好かれようなんて思っていなかった。それどころか太一《たいち》お義父《とう》さんと仲良くしていたのは、母の幸せを壊すのが怖かったから、それだけだ。

でも、浅村くんは私から持ち掛けたすり合わせの契約に応じてくれただけではなく、ゆっくりと時間を掛けて丁寧に話しあってくれた。

私はいつの間にか彼を好きになっていたし、太一お義父さんも母の結婚相手というだけではなく、良い人だなと理解できるようになった。

そのときから少しずつ、好きになった相手の人が大事にしている人を、私も大事にしようと考えるようになっていった。

今回のお義父さんの里帰りも理由をつけて逃げることはできたと思う。

勉強があるからでもいいし、バイトがあるからでもいい。たぶん、行きたくないと言えば無理に連れて行こうとはしなかったと思う。

行きたいと自分から言った。

お義父さんが行きの車の中で言ったように、家族四人での旅行なんて、この先なんどもできるとは限らないし、お義父さんが長野の実家や親戚たちととても仲が良いというのはお母さんから聞いていた。

好きな人が好きな人は、できるならば好きになりたいし好きになってほしい。

でも、血の繋《つな》がらない、距離の遠い親戚との付き合いというのは、私が最初に考えていた以上に難しくて。

再婚相手の親戚、という距離感で、外様《とざま》の自分たちが直接すり合わせしにくい場面では、相互理解には時間が掛かる。その間、盾になって助け、親戚という、家族よりもひと回り大きなコミュニティにも馴染《なじ》めるようにしていく――そういう「防波堤」の役割を果たしてくれる人がほしい。

浅村くんは今回、その「防波堤」になってくれた。

あるいは「緩衝材」かな。たぶん、あの場にいた太一お義父さんも同じ。

おかげで、お義祖父《じい》さんの厳しい視線はおそらく明日から少しだけ柔らかくなるだろう。偏見を持たずに接してくれるだけで、私は緊張を減らすことができる。

もちろんそれは、彼が私の親戚と付き合うときは私が防波堤になるっていうことでもあるのだけれど。

ひとりで生きていくと決めていたのに、いつの間にか誰かの隣で歩いていきたいと考えている。誰かの――浅村《あさむら》くんの隣で。

部屋の外に意識を向けてみると廊下はしんと静まり返っていて、人が近づいてくる気配はない。お母さんもお義父《とう》さんも親戚と大人同士の会話で忙しいんだろう。いまこの部屋には、私と浅村くんしかいない。

くるまっていた布団をそっと剥《は》がし這《は》うようにして彼の布団に近寄ると、私はその肩にそっと触れた。すり合わせをせずに一方的に体に触れるなんて、自分らしくないと思う。ましてやいつ両親に見られるかもわからない状況なのに。

私はただ自分がそうしたいからという勝手な想《おも》いのままに彼の名前をつぶやいた。

「ありがとう、悠太《ゆうた》くん」

限りなくゼロに近い距離で大きな背中に寄り添って、手のひらを通して温かさと愛《いと》しさが体の中に流れ込んでくるような気がした。

溶けた氷の結晶のように、理性は不揃《ふぞろ》いな鉱物みたく不格好な形に歪《ゆが》んでしまっている。けれどいまは、そんな歪《いびつ》さえも愛せるような気がして。体を強張《こわば》らせた浅村くんが、戸惑いがちに私の名前を呼び返すまでの永遠にも等しい数秒間、私は彼の体に触れたまま、ずっと動かずにいた。

あとがき

小説版「義妹生活」第6巻を購入いただきありがとうございます。YouTube版の原作&小説版作者の三河《みかわ》ごーすとです。今回のあとがきでは何と言っても、「あのニュース」に触れなければならないでしょう。

——そう、アニメ化です。先日、「義妹生活」シリーズのTVアニメ化が決定しました。YouTube版のキャスト陣も続投という最高の形でのアニメ化発表。この素晴らしい話を皆さんにお届けできてとても嬉《うれ》しいです。それもこれも今日まで「義妹生活」を支えてくれた皆さんのおかげです。本当にありがとう。放送まではまだ時間がかかりますが、その日が来るのを楽しみに待っててくださいね。

謝辞です。イラストのHitenさん、声優の中島由貴《なかしまゆき》さん、天崎滉平《あまさきこうへい》さん、鈴木愛唯《すずきあゆ》さん、濱野大輝《はまのだいき》さん、鈴木《すずき》みのりさん、動画版のディレクターの落合祐輔《おちあいゆうすけ》さんをはじめYouTube版のスタッフの皆さん、担当編集のOさん、漫画家の奏《かなで》ユミカさん、すべての関係者の皆さん、そして読者の皆さん。いつもありがとうございます。——以上、三河でした。

『義妹生活』第7巻 2022年冬発売予定。

※2022年8月時点の情報です。

MF文庫J

義妹生活 6

2022 年 8 月 25 日　初版発行
2024 年 6 月 15 日　4 版発行

著者　三河ごーすと

発行者　山下直久

発行　株式会社 KADOKAWA
〒 102-8177 東京都千代田区富士見 2-13-3
0570-002-301（ナビダイヤル）

印刷　株式会社 KADOKAWA

製本　株式会社 KADOKAWA

Printed in Japan　ISBN 978-4-04-681656-6 C0193

【 ファンレター、作品のご感想をお待ちしています 】
〒102-0071 東京都千代田区富士見2-13-12
株式会社KADOKAWA　MF文庫J編集部気付「三河ごーすと先生」係　「Hiten先生」係